NUOVI RACCONTI STRAORDINARI

EDGAR ALLAN POE

Texte et illustration de couverture : © domaine public
Edition : Culturea (Hérault, 34)
Contact : infos@culturea.fr
Retrouvez notre catalogue sur http://culturea.fr
Imprimé en Allemagne par Books on Demand
Design typographique : Derek Murphy
Layout : Reedsy (https://reedsy.com/)

Dépôt légal : janvier 2023

ISBN : 9791041843138

LA LETTERA RUBATA

Mi trovavo a Parigi nel 18... Dopo una serata scura e tempestosa d'autunno, stavo godendo, in compagnia del mio amico Dupin, la duplice voluttà della meditazione e d'una buona pipa di schiuma, nella sua piccola biblioteca o gabinetto di studio, nel sobborgo SaintGermain, in via Dunot, n. 33 terzo piano. Era più d'un'ora che stavamo là, conservando un profondo silenzio. Chi ci avesse visto ci avrebbe creduti profondamente unicamente occupati delle larghe volute di fumo che impregnavano l'atmosfera della camera. In quanto a me, stavo discutendo fra me e me certi punti su cui avevamo conversato sul principio della serata – riguardo all'affare della via Morgue.

Stavo dunque occupato in questa specie di discussione interna, per così dire, quando, d'un tratto, fu aperta la porta, ed entrò il signor G..., il prefetto di polizia di Parigi, una nostra vecchia conoscenza.

Lo salutammo assai cordialmente: perchè costui, come aveva un lato spregevole, aveva anche il suo rovescio simpatico, e noi non l'avevamo più visto da qualche anno. Siccome stavamo immersi nelle tenebre, Dupin s'alzò per accendere un lume: ma, quando sentì dire a G... ch'era venuto per consultarci, o piuttosto per domandare l'opinione del mio amico sopra un affare che l'aveva messo in un mar d'imbarazzi, non ne fece niente e si rimise a sedere.

— Se è un affare che ci voglia riflessione, osservò Dupin, sarà più conveniente esaminarlo al bujo.

— Ecco un'altra delle vostre idee bizzarre, disse il prefetto, che aveva la mania di chiamar bizzarro tutto quel che passava i confini della sua intelligenza, e che viveva così in mezzo a una gran moltitudine di cose bizzarre.

— Appunto! rispose Dupin, presentando una pipa al nostro visitatore, e facendolo sedere su un'eccellente poltrona.

— Ebbene, diss'io allora, vediamo un po' questo caso tanto imbarazzante; speriamo che non si tratti anche questa volta d'un assassinio.

— No! nemmen per sogno! Tutt'altro! E poi l'affare, in sè, è semplicissimo, e son sicuro che ne verremo a capo anche da noi stessi; ma ho pensato che al nostro Dupin forse non dispiacerebbe di conoscerne i particolari, perchè, v'assicuro, è proprio una cosa bizzarra.

— Semplice e bizzarra, osservò Dupin.

— Appunto; e tuttavia questa espressione forse non è esatta, l'uno o l'altro, come credete. Il fatto sta che per questo affare noi ci troviamo molto, ma molto imbarazzati. È semplicissimo; e tuttavia ci troviamo proprio fuor di strada.

— Forse, disse il mio amico, è la stessa semplicità della cosa che v'ha indotti in errore.

— Oh! ma che razza di corbellerie mi state dicendo? esclamò il prefetto con una gran risata.

— Forse il mistero e un po' troppo chiaro, disse Dupin.

— Oh, diavolo, diavolo! Chi ha mai sentito dir cose simili?

— Un po' troppo evidente.

— Ah! ah! oh! oh! andava sghignazzando il nostro ospite che non ne poteva più dalle risa. Oh! questa si ch'è da ridere! Ma, Dupin, andiamo! via!...

— Ma, in conclusione, dissi io, sentiamo: di che si tratta?

— Oh, ecco qua, rispose il prefetto, lanciando una gran boccata di fumo e accomodandosi bene nella sua poltrona. Ve lo dirò in poche parole. Ma, prima di tutto, vi avverto che si tratta d'una cosa della massima segretezza, e che, molto probabilmente, perderci il posto che occupo, se si venisse a sapere che l'ho confidata a qualcuno.

— Va bene, cominciate, diss'io.

— Oppure non cominciate, aggiunse Dupin.

— Benissimo; ecco qua. Fui informato, ed in altissimo luogo, che un certo documento della più alta importanza era stato trafugato negli appartamenti reali. Il colpevole è conosciuto; non c'è dubbio; l'hanno veduto quando se n'è impadronito. E si sa anche che questo documento se lo tien sempre presso di sè.

— E questo come si sa? domandò Dupin.

— Si deduce chiaramente dalla natura del documento e dalla non apparizione di certi risultati che sorgerebbero immediatamente quando non fosse più tra le mani del ladro; in altri termini, se fosse impiegato in quello scopo che costui deve evidentemente proporsi.

— Fatemi il piacere di spiegarvi un po' meglio; perché non vi capisco.

— Ebbene, arriverò a dirvi che questo foglio conferisce a chi lo possiede un certo potere in un certo luogo, dove questo potere è d'un valore incalcolabile.

Il prefetto ci faceva il diplomatico.

— Ne capisco quanto prima, disse Dupin.

— Proprio? Ebbene, questo documento, comunicato a un terzo personaggio, di cui tacerò il nome, metterebbe in questione l'onore d'una persona del più alto rango; ed ecco la ragione dell'ascendente che ha il detentore del documento sulla persona il cui onore e la sicurezza son così messi in pericolo.

— Benissimo, l'interruppi, ma l'ascendente dipende da questo: il ladro sa che la persona derubata conosce il suo ladro? Chi oserebbe?...

— State a sentire, disse G..., il ladro è D..., uno che, lo sapete bene, osa tutto quel ch'è indegno d'un uomo, e che in pari tempo è degno di lui. Il furto è stato fatto in un modo ingegnoso e insieme ardito. Il documento in questione – sarò franco, una lettera – è stato ricevuto dalla persona derubata intanto che si trovava nel gabinetto reale. Mentre lo stava leggendo, fu interrotta improvvisamente dall'entrata dell'altro illustre personaggio, a cui particolarmente essa desidererebbe tenerlo celato. Dopo aver tentato invano di gettarlo con rapido moto in un cassetto; fu obbligata a posarlo bell'e aperto su d'una tavola. Ma, siccome la lettera stava rivoltata, colla firma di sopra, e così il contenuto restava nascosto, non attirò l'attenzione. In quel frattempo arrivò il ministro D..: il suo occhio di lince si posa subito sulla carta, riconosce la scrittura della firma, nota l'imbarazzo della persona a cui è diretta, e penetra il suo segreto.

«Dopo aver trattato alcuni affari, spicciati in quattr'e quattr'otto, com'è suo uso, cava fuori da una tasca una lettera quasi simile a quella in questione, l'apre, fa un po' finta di leggerla e la mette proprio accanto all'altra. Per circa un quarto d'ora si rimette a ragionare d'affari pubblici. Finalmente, s'accommiata e mette la mano sulla lettera che non gli appartiene. La persona derubata lo vide, ma, naturalmente, non osò attirar l'attenzione su questo fatto, in presenza del terzo personaggio che le stava accanto. E così il ministro se ne andò lasciando sul tavolo la sua lettera, un foglio senza importanza.

— È un fatto; stando le cose in questi termini, disse, Dupin voltandosi un po' verso me, l'ascendente non potrebbe esser più completo; il ladro sa che la persona derubata conosce il suo derubatore.

— Già! replicò il prefetto, e da alcuni mesi si è fatto un ampio uso, ad uno scopo politico, dell'impero acquistato con questo strattagemma, e fino a un punto assai, assai pericoloso. La persona derubata va sempre più convincendosi della necessità di riaver la sua lettera. Ma, come si fa? Non si può mica procedere apertamente. Finalmente, spinta alla disperazione, m'ha fatto chiamare e m'ha dato questa delicatissima commissione.

— Non sarebbe stato possibile, suppongo, disse Dupin di mezzo a una nube di fumo, di scegliere, d'imaginare pure un agente più sagace di voi.

— Mi adulate, Dupin, replicò il prefetto. Ma può esser benissimo che s'abbia avuto di me un'opinione di questo genere.

— Infatti, diss'io, è chiaro, come voi avete notato, che la lettera sta sempre fra le mani del ministro; poichè è il fatto della possessione e non l'uso della lettera quello che crea l'ascendente. Usandone, l'ascendente scompare.

— Non è chiaro? disse G...: e gli è in conseguenza di questa convinzione che mi son regolato. La mia prima cura fu quella di fare una minuziosa ricerca in casa del ministro, dove il primo imbarazzo fu di cercare a sua insaputa: sopratutto per il pericolo che ci sarebbe stato, a dargli un motivo di sospettare il nostro disegno.

— Ma, diss'io, voi siete pratico in questa specie d'investigazioni. La polizia parigina ne ha fatte più d'una volta.

— Oh! senza dubbio; e perciò nutrivo buona speranza per l'esito. Del resto le abitudini del ministro m'erano assai favorevoli. Spesso sta fuori di casa tutta la notte. Non ha molti servi. Dormono a una certa distanza dall'appartamento del padrone, e, siccome sono innanzi tutto napoletani, ci si metton con buona volontà a lasciarsi ubbriacare. Come sapete, ho delle chiavi con cui posso aprire tutte le camere e tutti i gabinetti di Parigi. Da tre mesi non è passata una notte sola di cui non abbia impiegato la più gran parte a frugare, io in persona, la casa D... C'è interessato il mio onore, e, per parlarvi proprio in confidenza, la ricompensa promessa è enorme addirittura. Così non ho abbandonato le ricerche se non quando sono stato pienamente convinto che il ladro era ancora più astuto di me. Son persuaso d'aver scrutato tutti i più reconditi ripostigli dov'era possibile nascondere un foglio.

— Ma può essere, insinuai, che, quantunque la lettera sia in mano del ministro, come lo è indubitabilmente, l'abbia nascosta non nella sua propria casa, ma in qualche altro luogo.

— Questo no; non è possibile, disse Dupin. La situazione particolare, attuale, degli affari di corte, specialmente la natura dell'intrigo scoperto da D…, fanno, dell'efficacia immediata del documento, della possibilità di poterlo esibire lì per lì, un punto d'una importanza uguale, quasi, al suo possesso.

— La possibilità d'esibirlo? domandai.

— O di distruggerlo, come volete.

Dovetti riconoscere che la mia supposizione era sbagliata.

— Dunque, aggiunsi, il foglio si trova evidentemente in casa di D… Lasciamo andare il caso, non è vero? che lo porti con sè.

— Ah! ma che! L'ho fatto assalire due volte da falsi ladri, e l'ho fatto scrupolosamente frugare sotto i miei occhi.

— Questo avreste potuto risparmiarvelo, disse Dupin. D… non e matto, credo, e fin da principio deve aver preveduto come cose naturali questi tiri.

— È un fatto, disse G…, avrebbe dovuto esser matto addirittura; ma, tuttavia, sapete, è un poeta, il che credo non sia troppo diverso.

— Avete ragione, disse Dupin dopo aver mandato lunghe boccate di fumo in aria pensierosa; è vero che anch'io ho perpetrato una certa rapsodia…

— Là, feci io, raccontateci particolarmente come faceste le vostre ricerche.

— Oh, facemmo ogni cosa con comodo, prendendoci molto tempo, per poter cercare dappertutto. In questo genere di cose ci ho una certa esperienza.

«Abbiamo presa la casa tutta intera, camera per camera, e a ciascuna abbiamo consacrate le notti d'una intera settimana. Prima, abbiamo esaminato i mobili di ciascun appartamento. Abbiamo aperto tutti i cassetti possibili: e penso che non ignorerete come per un bravo agente di polizia un cassetto segreto sia una cosa inesistente, assurda. Chiunque, in una perquisizione di questa natura, permette a un cassetto segreto di sfuggirgli, è un cretino, un bruto. È una cosa tanto facile, tanto semplice! In ogni pezzo c'e una certa quantità di volumi e di superfici di cui si può rendersi conto. Per questo abbiamo delle regole esatte. Non ci può sfuggire la cinquantesima parte d'una linea.

«Dopo le camere siamo passati alle sedie; ai divani. I cuscini sono stati esplorati con quegli aghi lunghi e fini che m'avete veduto adoperare altra volta. Abbiamo tolto il piano delle tavole.

— Oh bella! E perchè?

— Qualche volta uno che voglia nasconder qualche cosa toglie il disopra delle tavole o di qualunque altro mobile analogo, per nascondere l'oggetto in un buco scavato ne la gamba del tavolo, e poi rimette su il piano. La stessa cosa si può fare coi piedi di un letto.

— Ma il vuoto non si potrebbe indovinare mediante l'ascoltazione?

— Niente affatto se, nel depositare l'oggetto, s'ha cura di circondarlo con una sufficiente imbottitura di cotone. Del resto, nel caso nostro, bisognava cercare di non far rumore.

— Ma è impossibile che abbiate potuto disfare, smontare tutti i mobili dove si sarebbe potuto nascondere un oggetto come quello! Una lettera si può arrotolare in una spirale finissima, in modo da parer una bacchetta da maglie, e così ficcarla, per esempio, nella gamba di una sedia. Avete smontato tutte le sedie, forse?

— No; ma abbiamo fatto di meglio. Con un microscopio eccellente abbiamo esaminate le gambe di tutte le seggiole della casa e fin le giunture di qualunque mobile, senza lasciarne neppur uno. Se ci fosse stata la più piccola traccia, la più piccola, badate bene, d'un disordine recente, ce ne saremmo accorti subito, infallibilmente, al primo colpo d'occhio. Il più piccolo granello di polvere, causato da un succhiello, per esempio, eh! l'avremmo visto come una mela! La minima alterazione nella colla, una giuntura schiusa quanto un filo ci avrebbe bastato per iscoprire il nascondiglio.

— Avrete esaminato, credo, gli specchi tra il vetro e il ridosso, avrete frugato nei letti, nei cortinaggi, nelle tende, nei tappeti.

— Naturalmente. E poi, quando avemmo scrupolosamente passato in rivista tutti gli oggetti di questo genere, ci siamo messi ad esaminare la casa stessa. Ne abbiamo diviso la superficie in compartimenti, che abbiamo numerati per esser sicuri di non tralasciarne alcuno; e ciascun pollice quadrato l'abbiamo esaminato ancora col microscopio, e vi abbiamo compreso anche le due case adjacenti.

— Le due case adiacenti! esclamai; ma dev'essere stata una bella fatica!

— Altro che! Ma dovete ricordare che la ricompensa offerta è immensa, enorme!

— E il pavimento l'avete esaminato?

— È a mattoni dappertutto, Oh; questo, relativamente, non ci ha dato molto da fare. Basta esaminare il cemento tra i mattoni, ed era intatto.

— Senza dubbio avrete visitato le carte di D..., e i libri della biblioteca.

— Certo; abbiamo aperto ogni plico ed ogni articolo; e i libri non ci siamo contentati d'aprirli soltanto scuotendoli semplicemente come fanno molti ufficiali di polizia; li abbiamo sfogliati pagina per pagina. Abbiamo anche misurato colla massima esattezza lo spessore d'ogni rilegatura ed a ciascuna abbiamo applicato la gelosa curiosità del microscopio, e v'assicuro che se da poco tempo fosse stato introdotto un foglio in una rilegatura sarebbe stato assolutamente impossibile che non ce n'accorgessimo.

— Avete esplorato i pavimenti sotto i tappeti?

— Senza dubbio. Abbiamo tolto tutti i tappeti ed esaminato il pavimento col microscopio.

— E le carte dei muri?

— Anche quelle.

— E le cantine le avete visitate?

— Abbiamo visitato anche le cantine.

— Allora, dissi, si vede che avete preso una falsa strada, e che la lettera non la tiene in casa, come avevate supposto.

— Eh, ho paura che abbiate ragione! E voi, Dupin, che ne dite? Che mi consigliate di fare?

— Fare una perquisizione completa.

— Ma che! È assolutamente inutile! Tanto, la lettera non è in casa: sicuro com'è sicuro ch'io esisto.

— Non ho un consiglio migliore da darvi. Avrete senza dubbio un'esatta descrizione della lettera...

— Certamente, ecco qua.

E il prefetto, tirato fuori un taccuino, si mise a leggerci ad alta voce una descrizione minuziosa del documento perduto, del suo aspetto interno, e specialmente dell'esterno.

Stette ancora un po' di tempo dopo finito di leggere questa descrizione, e poi il pover'uomo ci lasciò, abbattuto e scoraggiato, come non l'avevo mai visto prima d'allora.

Era trascorso quasi un mese, quando tornò a farci visita, e ci trovò occupati a un dipresso come la volta innanzi. Prese una pipa e una poltrona e discorse di questo e di quello.

Io, a un certo punto, gli dissi:

— Oh, dite un po': e G..., e la vostra lettera rubata? Vi sarete rassegnato, eh, a capire che ci vuol altro per farla al ministro!

— Che il diavolo se lo porti! E tuttavia, seguendo il consiglio di Dupin, ho ricominciato la perquisizione; ma già, me l'aspettava! tutta fatica sprecata.

— Quant'e la ricompensa offerta? disse Dupin. Avete detto, mi pare...

— Ma... ecco... è una grossa ricompensa, magnifica... Non vi dirò precisamente quanto... ma, guardate, vi dirò questo, che, se uno mi potesse trovar quella lettera, sarei pronto a dargli di mio cinquantamila franchi. La cosa va facendosi di giorno in giorno più urgente; e la ricompensa ora è stata raddoppiata. Ma è inutile: a che serve? Si potrebbe anche triplicarla, chè tanto io non potrei fare il mio dovere meglio di quanto l'ho fatto.

— Ma... veramente... disse Dupin tramezzando le sue parole con delle boccate di fumo, io credo... che voi non abbiate fatto... proprio tutto il possibile... che non siate andato fin in fondo. Potreste fare... un po' più, almeno così credo, no?

— Come? in che senso?

— Ma.. (una boccata di fumo) Potreste... (due boccate) — prender consiglio su quest'affare, no? (Tre boccate di fumo) — Vi ricordate quell'aneddoto che si racconta d'Abernethy?

— So assai del vostro Abernethy, che il diavolo se lo porti!

— D'accordo! Che il diavolo se lo porti, se così vi piace! Or dunque, una volta un tale, ricchissimo, ma avarissimo, pensò di scroccare ad Abernethy un consulto medico. E per far questo pensò d'attaccare con lui, in una società, una conversazione ordinaria nella quale insinuò al medico il suo proprio caso, come quello d'un individuo imaginario.

« — Supponiamo, per esempio, disse l'avaro, i tali e tali sintomi; ora, ditemi un po', dottore, che cosa gli consigliereste di prendere?

« — Che cosa gli consiglierei di prendere? disse Abernethy, ve lo dico subito: prender consiglio.

— Ma, disse il prefetto un po' sconcertato, son dispostissimo, io, a prender consiglio, ed a pagarlo. L'ho detto e lo sostengo: fede di gentiluomo, darei cinquantamila franchi a chi mi sapesse trar d'imbarazzo.

— Quand' è così, allora, replicò Dupin tirando fuor da un cassetto un libro di mandati, potreste farmi un buono per quella somma. Quando l'avrete firmato, vi darò la vostra lettera.

Io rimasi di stucco.

Il prefetto, poi, pareva proprio fulminato. Rimase per qualche minuto attonito, muto, immobile, colla bocca aperta, con un'aria incredula e guardando il mio amico con due occhi che pareva volessero schizzargli dalla testa; finalmente ritornò un po' in sè, afferrò una penna, e poi, non senza qualche esitazione, collo sguardo istupidito e vuoto, scrisse e firmò un buono per cinquantamila franchi, e lo porse a Dupin di sopra la tavola.

Dupin l'esaminò accuratamente, e lo mise nel suo portafogli; poi, andando ad aprire un sécrétaire, ne tirò fuori una lettera e la consegnò al prefetto. Il nostro funzionario l'afferrò, l'aggraffò, agonizzante di gioja, l'aprì con mano tremante, gettò un colpo d'occhio sul suo contenuto; poi, precipitandosi fuor della porta, scappò via senza tanti complimenti dalla camera e dalla casa, senza aver pronunziato nemmeno una sillaba dal momento in cui Dupin l'avea pregato di riempire il mandato.

Quando fu partito, il mio amico entrò a farmi qualche spiegazione. Disse:

— La polizia parigina è abilissima nel suo mestiere. Ha degli agenti perseveranti, astuti, ingegnosi, che posseggono a fondo tutte le conoscenze che si richieggono pel loro mestiere. E perciò, quando G:.. ci dava cosi minute spiegazioni sulle sue perquisizioni nella casa di D... avevo una piena fiducia nei suoi talenti ed ero sicuro che aveva fatta un'investigazione assolutamente sufficiente, nel ciclo della sua specialità...

— Della sua specialità? esclamai.

— Sì; perchè le misure adottate, oltre all'essere le migliori nella specie, furono spinte ad una perfezione assoluta. Se la lettera si fosse trovata nascosta nel campo della loro investigazione, quella brava gente l'avrebbe trovata; non c'è il minimo dubbio.

Io mi contentai di ridere; ma pareva che Dupin parlasse proprio sul serio. Continuò:

— Dunque, le misure erano eccellenti nella specie e messe in atto meravigliosamente. Soltanto, avevano un difetto: quello d'essere inapplicabili al caso e all'uomo in questione.

«C'è un ordine di mezzi, ingegnosissimo, che sono pel prefetto una specie di letto di Procuste, sul quale egli adatta e manipola tutti i suoi piani; ma però egli erra continuamente o per troppa acutezza o per troppa superficialità pel caso in questione, e più d'uno scolaretto ragionerebbe meglio di lui.

«Un bambino d'otto anni, ch'io ho conosciuto, formava l'ammirazione universale per la sua infallibilità al giuoco di pari e dispari. È un giuoco semplice, che si fa con delle palline. Uno dei giuocatori ne tiene in mano un certo numero, e domanda all'altro: Pari o dispari? Se questi indovina guadagna una pallottola: se no, la perde.

«Il bambino di cui parlo guadagnava tutte le palline della scuola. Naturalmente aveva un modo di divinazione che consisteva nella semplice osservazione ed apprezzazione della scaltrezza dei suoi avversari.

«Infatti, supponiamo che il suo avversario sia un perfetto bietolone, ed alzando la sua mano chiusa, gli domandi: Pari o dispari? Il nostro scolaretto risponde: Dispari, – ed ha perduto. Ma la seconda volta vince, perche pensa fra sè: Questo sempliciotto la prima volta aveva messo pari, e per la seconda tutta la sua astuzia non arriva che a fargli metter dispari; allora dirò: dispari. – Dice dispari e vince.

«Ma invece, con un avversario un po' meno semplice, avrebbe pensato: Costui, che m'ha sentito dir dispari la prima volta, quest'altra si proporrà – è la prima idea che gli s'affaccerà alla mente – una semplice variazione da pari a dispari, come ha fatto quell'altro sempliciotto; ma una seconda riflessione gli dirà che quel cambiamento lì è troppo semplice, e finalmente si deciderà a metter pari come la prima volta. Io dunque dirò pari. Dice pari e vince.

«Ora questo modo di ragionamento del nostro piccino, che i suoi compagni chiamano fortuna, che cos'è, in ultima analisi?

— È semplicemente, risposi, un'identificazione dell'intelletto del nostro ragionatore con quello del suo avversario.

— Precisamente, disse Dupin; e quand'io domandai a quel bambino come faceva per ottenere quella perfetta identificazione che formava tutto il suo successo, mi fece questa risposta:

«Quando voglio sapere fino a qual punto uno è astuto o stupido, fino a qual punto è buono o cattivo, o quali sono attualmente i suoi pensieri, cerco di comporre il mio viso come il suo, di dargli la stessa espressione, per quanto mi sia possibile, e così aspetto per sapere quali pensieri o quali sentimenti nasceranno nella mia mente o nel mio cuore per corrispondere alla mia fisionomia.

«Ecco una risposta che vale assai più di tutta la profondità filosofica che s'attribuisce a La Rochefoucauld, a La Bruyere, a Machiavelli e a Campanella.

— E, se v'ho ben compreso, l'identificazione dell'intelletto del ragionatore con quello del suo avversario dipende dall'esattezza con cui il cervello dell'avversario è apprezzato.

— Certo, pel valore pratico, questa è la condizione, rispose Dupin, e se il prefetto ed i suoi si sono così spesso e lungamente ingannati, è stato, prima, per mancanza di questa identificazione, secondo, per un'apprezzazione inesatta, o, piuttosto per la non apprezzazione dell'intelligenza con cui hanno da combattere. Non vedono che le loro proprie idee ingegnose; e, quando cercano qualche cosa di nascosto non pensano che ai mezzi di cui essi si sarebbero giovati per nasconderla. Ed hanno ragione in ciò in quanto che la loro propria ingegnosità è una rappresentazione fedele di quella della gente, degli uomini in generale; ma quando capitano dei malfattori particolari, la cui astuzia differisce, in specie, dalla loro, si fanno metter nel sacco, senz'altro.

«E questo non è difficile quando s'ha un'astuzia superiore alla loro ed anche quando s'ha inferiore. Essi non variano mai il loro sistema d'investigazione; tutt'al più, quando sono incitati da qualche caso insolito, da qualche ricompensa straordinaria, esagerano e spingono fino all'estremo limite le loro vecchie astuzie; ma non cambiano niente ai loro principii.

«Nel caso di D.., per esempio, che cosa s'è fatto per cambiare il sistema d'operazione? Ma che cosa sono tutte quelle perforazioni, quei frugamenti, quegli scandagli, quell'esame al microscopio, quella divisione delle superfici in pollici quadrati numerati? Questo non è che l'esagerazione nell'applicare uno o più principi d'investigazione, tutti basati su un ordine d'idee relativo all'ingegnosità umana e di cui il prefetto ha preso l'abitudine nel lungo esercizio delle sue funzioni.

«Non vedete ch'egli considera come cosa dimostrata, indiscutibile, che tutti gli uomini che voglion nascondere una lettera – se non precisamente d'un buco fatto con un succhiello nel piede d'una seggiola – si servono di qualche ripostiglio strano, singolare, la cui invenzione è stata tratta dallo stess'ordine d'idee del buco fatto col succhiello?

«E voi non capite subito che dei nascondigli così originali non s'impiegano che in occasioni ordinarie e non s'adottano che da intelligenze ordinarie? Perchè, in tutti i casi d'oggetti nascosti, questa maniera volgare e torturata di nasconder l'oggetto è, nel principio, presumibile e presunta; e così la scoperta non dipende per nulla dalla perspicacia, ma semplicemente dalla cura, dalla pazienza e dalla costanza dei cercatori.

«Ma, quando il caso è importante, o, ciò che è lo stesso per la polizia, la ricompensa è considerevole, tutte queste belle qualità fanno un fiasco completo, infallibile. Ora dovete capire quel che intendevo di dire quando dissi che, se la lettera fosse stata collocata nel raggio della perquisizione del nostro prefetto, se in altri termini, il principio ispiratore del nascondiglio si fosse trovato fra i principii del prefetto, ei l'avrebbe scoperto senza dubbio. Ma quel funzionario è rimasto completamente mistificato: e la causa prima, originale, della sua disfatta, sta nell'aver supposto che il ministro è un pazzo perchè s'è fatto un nome come poeta. Tutti i pazzi son poeti – questa è la maniera di vedere del prefetto – e non ha sbagliato, che nella falsa distribuzione del termine medio, venendo ad inferirne che tutti i poeti sono pazzi.

— Ma è proprio lui il poeta? domandai. So che sono due fratelli e che tutt'e due si son fatti un nome nelle lettere. Il ministro, credo, ha scritto un'opera assai notevole sul calcolo differenziale ed integrale. Lui è il matematico, non il poeta.

— Sbagliate, amico mio; oh, io lo conosco bene; è matematico e poeta. Come poeta e matematico deve aver ragionato giusto; come semplice matematico non avrebbe ragionato affatto e sarebbe caduto così nelle trappole del prefetto.

— Scusatemi, ma qui, poi, siete smentito dall'opinione universale Non avrete, credo, l'intenzione d'annichilare un'idea che sussiste da parecchi secoli. La ragione matematica e stata sempre considerata come la ragione per eccellenza.

— Si può scommettere, replicò Dupin citando Chamfort, che ogni idea pubblica, ogni pubblica convenzione è una sciocchezza, perchè è convenuta alla gran maggioranza. Certamente, si sa, i matematici hanno fatto quanto potevano per propagare l'errore popolare che mi siete venuto a tirar fuori, e che, quantunque propagato come una verità, non è meno per questo un solennissimo errore.

«Per esempio, con un'arte degna di miglior causa, ci hanno avvezzati ad applicare il termine analisi alle operazioni algebriche. I francesi sono stati i primi colpevoli di questa, dirò così, truffa scientifica; ma, se si riconosce che i termini della lingua hanno un'importanza reale, – se le parole ricevono il loro valore dalle loro applicazioni, – oh! allora concedo che analisi traduce algebra, a un dipresso come in latino ambitus significa ambizione; religio, religione; oppure homines honesti, la classe delle persone onorevoli.

— Povero voi! Già prevedo che avrete ben da liticare con un buon numero di matematici parigini; ma, sentiamo, continuate.

— Io, per me, contesto la validità e quindi i risultati d'una ragione coltivata con qualunque mezzo speciale che non sia la logica astratta. E particolarmente contesto il ragionamento che proviene dallo studio delle matematiche. Che cosa son le matematiche? La scienza delle forme e della quantità; ed il ragionamento matematico non è altro che la logica applicata alla forma ed alla quantità. Ora questo è il grande errore: supporre che le verità, chiamate puramente algebriche sono verità, astratte o generali. Ed è così enorme quest'errore che davvero mi meraviglio assai dell'unanimità con cui lo si accoglie. Gli assiomi matematici non sono assiomi d'una verità generale. Quel ch'è vero d'un rapporto di forma e di quantità, spesso è un grossolano errore, relativamente alla morale, per esempio. In quest'ultima scienza succede comunissimamente che sia falso che la somma delle parti è uguale al tutto: e così nella chimica. E così anche nell'apprezzamento di una forza motrice; perchè due motori, ciascuno dotato d'una data forza, non hanno, necessariamente, quando si associno, una potenza uguale alla somma delle loro singole potenze. C'è una quantità d'altre verità matematiche che non son verità che nei limiti di rapporto. Eppure il matematico, inflessibile, incorreggibile, argomenta secondo le sue verità finite, come se fossero d'una applicazione generale, ed assoluta, – valore che, del resto, attribuisce loro la gente. Bryant, nella sua notevolissima Mitologia, fa cenno di un'analoga fonte d'errori, quando dice che, quantunque nessuno creda alle favole del paganesimo, pure noi tante volte ci dimentichiamo di noi stessi fino al punto di tirarne delle deduzioni, come fossero delle realtà viventi. Del resto i nostri algebrici, che sono essi stessi dei pagani, hanno anch'essi certe specie di favole pagane, alle quali si presta fede, e da cui si son tratte delle conseguenze, non tanto per un'assenza di memoria, quanto per un turbamento di cervello incomprensibile. Insomma, per farla corta, non ho mai trovato un puro matematico su cui si potesse fare assegnamento fuor delle sue radici e delle sue equazioni; non ne ho mai conosciuto un solo che non tenesse in pectore per articolo di fede che $x2+px$ è assolutamente ed incondizionatamente uguale a q. Provate un po', se vi fa piacere, a dire ad uno di quei signori che voi credete alla possibilità del caso in cui $x2+px$ non sia assolutamente uguale a q, e quando gli avrete fatto capire quel che volete dire, siate ben attento e lesto a mettervi fuor del suo tiro, perchè, senza dubbio, farà di tutto per accopparvi.

A quest'ultima frase non potei fare a meno di dare in una gran risata. E Dupin continuò:

— Dico dunque che se il ministro non fosse stato che un matematico, il prefetto non avrebbe avuto bisogno di firmarmi quel pezzo di carta. Sapevo ch'era matematico e poeta ed avevo preso le mie misure in ragione della sua capacità e tenendo conto delle circostanze in cui si trovava. Sapevo ch'era un uomo di cuore e un deciso farabutto. Pensai quindi che un tal uomo doveva senza dubbio essere al corrente delle pratiche della polizia. Evidentemente doveva aver previsto, – e s'è veduto coll'esperienza – gli agguati preparatigli, ed anche le perquisizioni segrete in casa sua. Il nostro buon prefetto era tutto contento di quelle frequenti assenze notturne sui cui contava moltissimo pel suo futuro successo: ebbene, non erano altro che inganni, quelli, stratagemmi per facilitare le libere ricerche della polizia e persuaderla più facilmente che la lettera non c'era, là in quella casa.

«Capivo che tutta la serie d'idee relative ai principj invariabili dell'azione poliziesca nei casi di perquisizione, – idee che v'esprimevo, e non senza fatica poco fa, – capivo, dico, che tutta quella serie d'idee si deve essere svolta necessariamente nello spirito del ministro.

«Ciò dovea condurlo imperativamente a sdegnare tutti i nascondigli volgari. Quell'uomo non poteva essere così dappoco da non capire che il più complicato il più profondo nascondiglio della casa, di fronte agli occhi, agli scandagli, agli aghi ed ai microscopi del prefetto sarebbe stato segreto come un'anticamera o un armadio. Infine vedevo che avea dovuto ricercare necessariamente la semplicità. Ricorderete senza dubbio con quali scoppi di risa il prefetto accolse quel che gli dissi la prima volta, che cioè, se il mistero lo teneva tanto imbarazzato, ciò era forse in ragione della sua assoluta semplicità.

— Davvero. Credevo proprio gli pigliassero le convulsioni!

— Il mondo materiale è pieno d'analogie esatte coll'immateriale ed è questo che dà un colore di verità a quel dogma di retorica secondo il quale una metafora o un paragone, può tanto convalidare un argomento quanto abbellire una descrizione.

«Per esempio il principio della forza d'inerzia sembra identico nelle due nature, fisica e metafisica; è più difficile mettere in moto un corpo grosso che uno piccolo, e la sua quantità di movimento è in proporzione di questa difficoltà; e com'è vera questa, cosi è vera quest'altra proposizione analoga: gli intelletti d'una vasta capacità, che sono insieme più impetuosi, più costanti e più accidentati nel loro movimento che quelli di un grado inferiore, sono quelli che si muovono con meno agio e che, quando si mettono in moto, son più imbarazzati di esitazione. Un altro esempio: Avete mai notato quali sono le insegne di botteghe che maggiormente attirano l'attenzione?

— Per dir la verità, non ci ho mai pensato.

— Ebbene, c'è un giuoco d'indovinazione che si fa con una carta geografica. Uno dei giuocatori prega qualcuno d'indovinare un dato nome, – un nome di città, di fiume, di stato o d'impero, – insomma un nome qualunque fra tutti quelli seminati nel piano frastagliato e complicato della carta. Uno novizio a questo giuoco pensa d'imbrogliare gli avversari dando loro da indovinare dei nomi scritti in caratteri impercettibili; ma chi se ne intende sceglie delle parole a caratteri grossi, di quelle che si stendono da un punto all'altro della carta. Quelle parole là, come le insegne e i cartelloni a lettere enormi, sfuggono all'osservatore pel fatto stesso de la loro eccessiva evidenza; e qui l'inavvertenza materiale è analoga precisamente a quella mora e d'uno spirito che lascia sfuggire le considerazioni troppo palpabili, evidenti fino alla banalità ed all'importunità. Ma quello è un caso, pare, un po' al disotto o al disopra dell'intelligenza del prefetto. Egli non ha mai creduto probabile o possibile che il ministro abbia depositato la sua lettera proprio sotto il naso di tutti come per meglio impedire che un individuo qualunque la scoprisse.

«Ma io, più riflettevo all'audace, all'originale, al brillante spirito di D…, – al fatto che avea dovuto aver sempre il documento sottomano per farne uso immediatamente – se ce ne fosse stato bisogno, – ed a quell'altro fatto che, secondo la dimostrazione decisiva fornita dal prefetto, quel documento non era nascosto nei limiti d'una perquisizione ordinaria e secondo le regole, – più mi si rafforzava la convinzione che per nasconder la lettera il ministro era ricorso all'espediente più ingegnoso del mondo, che era di non tentar nemmeno di nasconderla.

«Con questa convinzione, mi misi un par d'occhiali verdi e così un bel mattino mi presenta, come per caso, dal ministro. Lo trovai che sbadigliava, tutto sfiaccolato, pretendendosi sopraffatto da una noja immensa. D... è forse l'uomo più realmente energico dei nostri giorni, ma soltanto quando è sicuro che nessuno lo vede.

«Per non esser da meno di lui, mi lamentai della mia gran debolezza di vista che m'obbligava a portar sempre gli occhiali. Ma dietro gli occhiali esaminai attentamente e minuziosamente tutto l'appartamento mentre mostravo d'essere profondamente interessato nella conversazione col mio ospite.

«Osservai specialmente una grande scrivania dinanzi a cui stava seduto e sulla quale erano sparse, alla rinfusa, diverse lettere ed altre carte, con due strumenti di musica ed alcuni libri. Dopo un lungo esame, che potei far comodamente, non ci vidi niente che potesse particolarmente eccitare i miei sospetti.

«Finalmente i miei sguardi, facendo il giro della camera, caddero su d'un miserabile portacarte, ornato di margherite variopinte e sospeso con un vecchio nastro blu ad un chiodo d'ottone sopra la capanna del caminetto. Quel portacarte, che avea tre o quattro compartimenti, conteneva cinque o sei carte da visita ed un'unica lettera e questa lettera era assai sudicia e gualcita. Era quasi stracciata in due, nel mezzo, come se dapprima si avesse avuto l'intenzione di stracciarla come si fa d'un oggetto senza valore; ma poi a quanto pareva, s'era mutata idea. Portava un gran sigillo nero colla cifra di D.... molto in evidenza, ed era indirizzata a lui stesso, al ministro.

«L'indirizzo era d'una scrittura di donna, finissima. Egli l'avea gettata in uno dei compartimenti superiori del portacarte, negligentemente, quasi, pareva, con disprezzo.

«Appena ebbi data un'occhiata a quella lettera capii ch'era proprio quella che cercavo. Certo, nell'aspetto era assolutamente differente da quella di cui il prefetto ci avea letto una descrizione così minuta. Qui, il sigillo era grande e nero, colla cifra di D…, e nell'altra era piccolo e rosso, colle armi ducali della famiglia S… Qui l'indirizzo era d'una scrittura minuta e femminile; nell'altra l'indirizzo, portante un nome della famiglia reale, era d'una scrittura ardita, decisa, caratteristica: le due lettere non si rassomigliavano che in una cosa, la dimensione. Ma il carattere eccessivo di queste differenze – fondamentali, in fin dei conti, – lo stato deplorevole della carta, sudicia, sciupata e stracciata, in contraddizione colle vere abitudini di D…, così metodiche e che denunziavano l'intenzione di stornare un indiscreto presentandogli tutte le apparenze d'un documento senza valore, – tutto ciò, aggiunto ancora la situazione impudente del documento messo lì proprio sotto gli occhi di tutti i visitatori e quindi concordante esattamente colle mie conclusioni anteriori, – tutto ciò, – dico, – era fatto per corroborare decisamente i sospetti di uno venuto lì proprio per sospettare.

«Prolungai la mia visita quanto mi fu possibile, e, sempre sostenendo col ministro una conversazione assai vivace su di un punto che sapevo esser per lui d'un interesse sempre nuovo, mantenevo invariabilmente fissa la mia attenzione sulla lettera. Sempre facendo quest'esame riflettevo al suo aspetto esterno ed al modo con cui era collocata nel portacarte, finchè arrivai a far una scoperta che dissipò d'un tratto quel leggero dubbio che ancora potevo avere. Studiando i contorni della carta, notai ch'erano più consumati dell'ordinario, del vero. Presentavano l'aspetto d'una carta dura che, piegata, era stata poi distesa e spianata colla stecca, e poi ripiegata nel senso inverso, ma nelle stesse pieghe che costituivano la sua prima forma. Questa scoperta mi bastava. Per me era chiarissimo che la lettera

era stata rivoltata come un guanto, ripiegata e risigillata. Diedi l'arrivederci al ministro e me n'andai in fretta dimenticando sul suo scrittojo una tabacchiera d'oro.

«La mattina dopo, tornai per cercare la mia tabacchiera e riprendemmo assai vivamente la conversazione della vigilia. Ma, mentre eravamo così occupati, s'udì una detonazione fortissima, come un colpo di pistola, proprio lì sotto le finestre e fu seguita dalle grida e dalle vociferazioni d'una folla spaventata. D... corse subito a una finestra, l'aprì e guardò giù in istrada. Nello stesso tempo, io andai difilato al portacarte, presi la lettera, me la misi in tasca e la rimpiazzai con un'altra, una specie di facsimile (quanto all'esterno) che m'ero accuratamente preparato, contraffacendo la cifra di D.... con un sigillo di mollica di pane.

«Il tumulto della via era stato causato da un uomo armato di fucile. Costui, preso da un capriccio insensato, avea scaricato l'arme in mezzo a una folla di donne e di fanciulli. Ma, siccome non era caricata a palla, lo presero per un lunatico o un ubriaco e lo lasciarono andare pei fatti suoi. Quando se ne fu andato, D... si ritirò dalla finestra, dove io l'avevo seguito immediatamente dopo essermi assicurato della preziosa lettera. Di lì a pochi momenti presi commiato da lui. Il preteso matto non era che un uomo pagato da me.

— Ma — domandai al mio amico, — con quale scopo avete rimpiazzato la lettera con una contraffazione? Non sarebbe stato più semplice che ve ne foste impadronito fin dalla prima visita, senza tante precauzioni, e poi andarvene?

— No, caro mio; D... è capace di tutto, e, di più, è un uomo energico, risoluto e forte. D'altra parte, ha in casa dei servitori assai devoti. Se avessi fatto lo stravagante tentativo che mi dite, non sarei uscito vivo da casa sua. Il buon popolo di Parigi non avrebbe saputo più nulla di me. Ma, lasciando anche stare queste considerazioni, io aveva uno scopo particolare. Voi conoscete le mie simpatie politiche. In questo affare ho agito come partigiano della signora in questione. Ecco ormai diciotto mesi che il ministro la tiene in suo potere; ora è lei che lo tiene, perchè lui non sa di non aver più la lettera e vorrà continuare il suo solito ricatto. Sarà dunque lui stesso, infallibilmente, il primo e l'immediato autore della sua rovina politica: e sarà una caduta non meno precipitosa che ridicola. Si ricorda volentieri il facilis descensus Averni; ma in questo caso si potrà dire quel che diceva la Catalani del canto: È più facile salire che scendere. E in questo caso non ho alcuna simpatia, – nemmeno pietà, – per colui che sta per discendere. D... è proprio il monstrum horrendum, – un uomo di genio senza principii. Però, davvero, vi confesso che non mi dispiacerebbe punto di conoscere il carattere esatto dei suoi pensieri, quando, messo al punto da quella che il prefetto chiama una certa persona, sarà ridotto ad aprire la lettera che ho lasciato per lui nel portacarte.

— Come! Dunque ci avete messo qualche cosa di particolare?

— Ma, proprio, a dirvi la verità, non mi è parso convenevole di lasciare l'interno in bianco, – poteva parere un insulto. Una volta a Vienna, D... me n'ha fatta una piuttosto grossa, ed io gli dissi, ma alla buona, senza riscaldarmi, che me ne sarei ricordato. E così, siccome sapevo che proverebbe una certa curiosità relativamente alla persona che gli ha fatto quel tiro, pensai che sarebbe stato, via, un peccato, se non gli avessi lasciato un qualche indizio. Colla mia scrittura, che conosce molto bene, ho copiato nel bel mezzo della pagina bianca queste parole:

.............Un sì atroce disegno

Se non d'Atreo, certo di Tieste è degno.

Le troverete nell'Atreo di Crébillon.

MANOSCRITTO
TROVATO IN UNA BOTTIGLIA

Chi non ha più che un momento da vivere

non ha più niente da dissimulare.

QUINAULT.

Non ho gran che da dire del mio paese e della mia famiglia. I cattivi trattamenti e l'accumularsi degli anni m'hanno fatto estraneo all'uno e all'altra.

Grazie al mio patrimonio potei avere un'educazione poco comune e la contemplatività del mio spirito mi permise di classificare metodicamente tutto quel materiale d'istruzione diligentemente ammucchiato con uno studio precoce. Quelle che mi procuravano proprio dei grandi piaceri eran le opere dei filosofi tedeschi; e ciò non per una inconsulta ammirazione della loro eloquente follia, ma pel piacere che provavo a sorprendere i loro errori, grazie alle mie abitudini d'analisi rigorosa. Hanno voluto rinfacciarmi spesso l'aridità del mio genio; una mancanza d'imaginazione m'è stata imputata come un delitto e il pirronismo delle mie opinioni m'ha fatto proprio famoso. In verità è stata, temo, una forte appetenza per la filosofia fisica che m'ha impregnato lo spirito d'uno dei difetti più comuni del secolo, quello cioè di riferire ai principii di questa scienza anche le circostanze meno suscettibili d'un tale rapporto. E, sopratutto, nessuno era meno esposto di me a lasciarsi trascinare fuor della severa giurisdizione della verità dai fuochi fatui della superstizione.

Ho creduto utile di cominciare con questo preambolo perchè non ci sia pericolo che l'incredibile racconto che ho da fare venga considerato piuttosto come la frenesia d'un'imaginazione indigesta che come l'esperienza positiva d'uno spirito pel quale le visioni dell'imaginazione furon sempre lettera morta e nullità.

Dopo avere speso parecchi anni in un lontano viaggio, m'imbarcai, nel 18.., a Batavia, nella ricca e popolosa isola di Giava, per una escursione nell'arcipelago delle isole della Sonda. Mi misi in viaggio come passeggero, senz'aver altro movente che un'instabilità nervosa che mi perseguitava come uno spirito maligno.

M'imbarcai su un bastimento di circa 400 tonnellate, foderato di rame e costruito, a Bombay, in legno di teck del Malabar. Era carico di cotone, di lana e d'olio delle Lachedive e qualche altra merce. Lo stivaggio era stato mal fatto e così il legno sbandava un poco.

Mettemmo fuori la vela con un leggero venticello e per parecchi giorni rasentammo la costa orientale di Giava, senza che alcun incidente venisse ad interrompere la monotonia della nostra rotta, fuorchè l'incontro d'alcuni battelletti dell'arcipelago dove stavamo confinati.

Una sera, mentre me ne stavo appoggiato all'impagliettatura del casseretto, osservai una nuvola singolarissima, isolata, verso nordovest. Era notevole tanto pel suo colore quanto perchè era la prima che avessimo veduta dal giorno della partenza da Batavia. La sorvegliai attentamente fino all'imbrunire; allora s'estese d'un tratto dall'est all'ovest, circondando l'orizzonte con una cintura precisa di vapore, che appariva come una lunga linea di costa assai bassa.

Quasi subito dopo, la mia attenzione fu attirata dall'aspetto rosso cupo della luna e dal carattere particolare del mare. Questo subiva un rapido cangiamento, e l'acqua sembrava più trasparente del solito. Discernevo chiaramente il fondo: eppure, gettato lo scandaglio, trovai quindici braccia d'acqua. L'aria, divenuta insoffribilmente calda, si caricava d'esalazioni spirali come quelle che si levano dal ferro riscaldato.

Colla notte, il vento cadde del tutto, e fummo presi da una calma tale ch'è impossibile concepirla. La fiamma d'una candela bruciava sulla poppa senza il minimo movimento sensibile, e un lungo capello, tenuto tra il pollice e l'indice, cadeva diritto e senza la più piccola oscillazione. Tuttavia, siccome il capitano diceva di non vedere alcun sintomo di pericolo, e siccome andavamo alla deriva verso la terra in vista, comandò di imbrogliar le vele e filar l'áncora. Non si mise alcuna guardia, e l'equipaggio, composto principalmente di Malesi, si mise senz'altro a dormire sovra coverta.

Io scesi, – non senza il perfetto presentimento d'una disgrazia. In verità, tutti quel sintomi mi facean prevedere un simun. Ne parlai al capitano; ma non mi badò neppure: se n'andò senza degnarsi di rispondere. Tuttavia quel malessere m'impedì di dormire, e verso mezzanotte, salii sul ponte.

Avevo salito appena l'ultimo gradino che rimasi atterrito da un rombo profondo, cupo, simile a quello prodotto dalla rapida evoluzione d'una ruota di mulino, e, prima che potessi verificarne la causa, sentii che la nave tremava nel suo centro. Forse due secondi dopo, un colpo di maree ci buttò su un fianco, e, correndo sopra noi, spazzò letteralmente il ponte dall'uno all'altro estremo.

L'immensa furia del colpo di vento fece, in gran parte, la salvezza della nave. Benchè fosse stata buttata quasi sott'acqua, siccome gli alberi s'erano schiantati, andando in mare, un minuto dopo si rialzò lentamente, e, vacillando per alcuni istanti sotto l'immensa pressione della tempesta, finalmente si raddrizzò.

Non saprei proprio dire per qual miracolo io sfuggissi alla morte. Stordito dal colpo dell'acqua, mi trovai preso, quando risensai, fra la ruota di poppa e il timone. Mi ci volle non poca fatica per rimettermi in piedi.

Quando ebbi girato vertiginosamente lo sguardo intorno, fui colpito dapprima dall'idea che ci trovassimo su dei frangenti, tanto ora spaventevole, al di la d'ogni imaginazione, il turbine di quel mare immenso e schiumante in cui ci trovavamo inabissati. Di lì a pochi istanti udii la voce di un vecchio Svedese ch'era venuto a imbarcarsi all'ultimo momento ch'eravamo in porto. Lo chiamai con tutte le mie forze, e venne barcollando a raggiungermi sulla poppa.

Dovemmo presto riconoscere che s'era rimasti i soli superstiti del disastro. Tutto quanto era sul ponte, eccettuati noi, era stato spazzato, portato via sovra bordo; il capitano e i marinai eran periti durante il sonno, e le cabine erano state inondate dal mare. Senz'ajuti, noi non potevamo sperare di far gran che per la sicurezza della nave e i nostri tentativi furon dapprima paralizzati dalla persuasione che avevamo di dover colare a picco da un momento all'altro. La corda dell'áncora, per fortuna, si era spezzata come un fil di ragno al primo soffio dell'uragano; se ciò non era, saremmo andati a fondo istantaneamente. Si fuggiva davanti al mare con una velocità spaventevole e ad ogni istante s'aprivano falle visibili. Tutta la poppa era gravemente danneggiata; avevamo sofferte avarie quasi sotto tutti i rapporti; ma, con nostra gran gioja, trovammo che le pompe non s'erano ostruite e che il carico non s'era spostato.

La più gran furia della tempesta era passata e ormai non avevamo più a temere la violenza del vento; ma pensavamo con terrore al caso che cessasse del tutto, persuasissimi che, così avariati come eravamo, non avremmo potuto resistere alle ondate spaventevoli che sarebbero venute a colpirci; ma questa giustissima apprensione non pareva si avesse a verificare sì presto.

Per cinque notti e cinque giorni, durante i quali vivemmo d'alcuni pezzi di zucchero di palma tolti con gran fatica da una botte a prua, il bastimento filò con una velocità incalcolabile dinanzi alle riprese

di vento che si succedevano rapidamente, e che pur non uguagliando la prima violenza del simun,
erano tuttavia più terribili di qualunque tempesta avessi fino allora sofferto.

Durante i quattro primi giorni la nostra rotta, salvo leggerissime variazioni, fu al sudest quarto di sud,
e così saremmo andati a gettarci sulla costa della nuova Olanda.

Il quinto giorno il freddo divenne estremo, quantunque il vento avesse girato d'un punto al nord. Il
sole si alzò con un chiarore giallo e triste, levandosi appena di qualche grado sull'orizzonte, senza
projettare una luce chiara e decisa. Di nuvole apparenti non ce n'erano, e pure il vento rinfrescava,
soffiando con degli accessi furiosi. Circa verso mezzogiorno, per quanto potemmo giudicare, la nostra
attenzione fu nuovamente attirata dalla fisionomia del sole. Non emetteva luce, precisamente, ma una
specie di fuoco cupo e triste, senza riflesso, come se tutti i raggi fossero polarizzati. Proprio nel
momento prima di tuffarsi nel mare burrascoso, il suo fuoco centrale disparve d'un tratto come se una
potenza inesplicabile l'avesse bruscamente estinto. Non era più che una ruota pallida e color d'argento
quando si precipitò nell'oceano profondo.

Aspettammo invano la venuta del sesto giorno; – questo giorno per me non è ancora arrivato, – per
lo Svedese non è arrivato mai. Da allora fummo seppelliti in tenebre fittissime, tanto che non
avremmo potuto scorgere un oggetto a venti passi dalla nave. Fummo ricinti, avviluppati da una notte
eterna, non temperata neppure dalla fosforescenza del mare a cui eravamo abituati sotto i tropici.

Osservammo ancora che, quantunque la tempesta continuasse rabbiosa, senza un istante di riposo,
non scoprivamo più alcun'apparenza di quella risacca e di quei cavalloni che ci aveano accompagnati
fin là. Attorno a noi tutto era orrore, fitta tenebra, un vero deserto d'ebano liquido. Un terrore
superstizioso s'infiltrava a grado a grado nello spirito del vecchio svedese, e quanto a me, la mia
anima era immersa in una muta stupefazione. Avevamo tralasciato ogni cura della nave, come cosa
più che inutile, e, attaccandoci come meglio potemmo al troncone dell'albero di mezzana, volgevamo
gli sguardi amaramente sulla superficie immensa dell'oceano.

Non avevamo alcun modo di calcolare il tempo, nè potevamo fare alcuna congettura sulla nostra
situazione. Nondimeno eravamo ben sicuri d'essere andati al sud più lontano di qualunque altro
navigatore precedente, ed eravamo assai stupiti di non trovare gli ordinari ostacoli di ghiaccio.
Intanto, ogni minuto minacciava d'esser l'ultimo, – ogni enorme ondata si precipitava per
ischiacciarci. L'onda sorpassava tutto quanto avevo mai imaginato di possibile, ed era proprio un
miracolo d'ogni momento se non ci seppelliva.

Il mio compagno m'andava ricordando la leggerezza del nostro carico e le eccellenti qualità della
nave; ma io non potevo fare a meno di provare l'assoluta sfiducia della disperazione, e mi preparavo
melanconicamente a quella morte che niente, secondo me, poteva protrarre di la d'un'ora, perchè, ad
ogni nodo che il bastimento avanzava, la commozione, la tempesta di quel mare nero e prodigioso,
diveniva più lugubremente terribile. Talvolta a un'altezza più grande di quella dell'albatro, ci mancava
il respiro, e poi ci prendevano le vertigini discendendo con una velocità orribile, da impazzire, in un
inferno liquido, dove l'aria diveniva stagnante e dove niun suono potea disturbare i sonni del kraken.

Eravamo in fondo ad uno di quegli abissi, quando, d'un tratto, un grido del mio compagno scoppiò
sinistramente nella notte.

— Guardate! guardate! — mi gridava nelle orecchie; Dio onnipotente! Guardate! guardate!

Allora scòrsi un lume rosso, d'uno splendore cupo e triste che galleggiava sul versante del baratro immenso dove eravamo seppelliti, e gettava al nostro bordo un riflesso vacillante. Levando gli occhi, vidi uno spettacolo e m'agghiacciò il sangue.

A un'altezza terribile, proprio sopra noi e sulla cresta del precipizio, si librava una nave gigantesca, forse di quattromila tonnellate. Quantunque si trovasse sulla cima d'un'onda alta cento volte la sua altezza, pure appariva d'una dimensione assai più grande di quella d'alcun vascello di linea o della Compagnia delle Indie. Il suo enorme scafo era d'un nero profondo, non temperato da uno degli ornamenti ordinari delle navi. Dalle sue cannoniere aperte s'allungava una semplice fila di cannoni, che riflettevano sulle loro superfici terse i fuochi d'innumerevoli fanali di battaglia dondolanti nell'attrezzatura. Ma quel che c'incusse maggior orrore e stupefazione fu che andava con tutte le vele spiegate, malgrado quel mare prodigioso e quella tempesta sfrenata. Dapprima, quando ce ne accorgemmo, non ne potevamo vedere che la prua, perchè non s'elevava che lentamente dal nero e orribile abisso che si lasciava dietro. Per un istante, – istante d'immenso terrore, – fece una pausa su quella cima vertiginosa, come nell'ebbrezza della sua elevazione, – poi tremò, – s'inchinò, – e finalmente scivolò sulla china.

In quel momento, non so qual improvviso sangue freddo s'impadronì del mio spirito. Buttandomi indietro quanto potei verso la poppa, aspettai, senza tremare, la catastrofe che doveva schiacciarci. La nostra nave, dopo tante avarie, non lottava più col mare e s'affondava a prua.

L'urto della massa precipitata la colpì quindi in quella parte ch'era già sott'acqua ed ebbe per risultato inevitabile di lanciarmi nell'attrezzatura dello straniero.

Mentre cadevo, quella nave si sollevò, poi virò di bordo; e fu, credo, per la confusione che ne segui ch'io dovetti sfuggire all'attenzione dell'equipaggio. Senza troppa fatica potei arrivare, non visto, fino al boccaporto principale, ch'era mezzo aperto, e trovare un'occasione propizia per nascondermi nella stiva. Perchè mi nascosi? Non saprei dirlo precisamente. Vi fui indotto forse da un sentimento vago di terrore che s'era impadronito di me all'aspetto dei nuovi naviganti. Non mi fidavo di gente che, al primo colpo d'occhio sommario che avevo gettato su loro, m'aveano offerto il carattere d'una indefinibile stranezza, e tanti motivi di dubbio e d'apprensione. Gli è perciò che pensai a trovarmi un nascondiglio nella stiva. Tolsi un po' del falso bordo, in modo da farmi un comodo ricovero fra le enormi membrature della nave.

Avevo appena finito quel lavoro, che un rumore di passi nella stiva mi costrinse a farne uso. Un uomo passò rasentando il mio nascondiglio, con un passo incerto e malsicuro. Non potei vedere il suo viso, ma ebbi agio di osservarlo nel suo aspetto generale. Era in lui tutto il carattere della debolezza e della caducità. I ginocchi gli vacillavano sotto il peso degli anni, e tutto il suo essere tremava. Parlava da sè, borbottando con una voce bassa e tronca alcune parole d'una lingua che non potei capire, e frugava in un angolo dove si trovavano ammucchiati strumenti d'un aspetto strano e carte marine logore. I suoi modi erano un miscuglio singolare della malagrazia d'una seconda infanzia e della dignità solenne d'un dio. Dopo un po', risalì sul ponte, e non lo vidi più.

. . . .

Un sentimento, pel quale non trovo parole, s'è impossessato dell'anima mia, – una sensazione che non ammette analisi, che non trova la sua tradizione nei dizionari del passato e di cui temo che non trovi la spiegazione nemmen l'avvenire. – Per uno spirito costituito come il mio, quest'ultima considerazione è un vero supplizio. Non potrò giammai, lo sento, – non potrò giammai essere appagato, istruito, sulla natura delle mie idee. Tuttavia non è da meravigliare che queste idee siano indefinibili dal momento che hanno sorgenti sì intieramente nuove. Un nuovo sentimento – una nuova entità – è aggiunta all'anima mia.

. . . .

È già da ben lungo tempo che ho toccato per la prima volta il ponte di questa nave terribile, e i raggi del mio destino stanno, credo, concentrandosi e precipitandosi in un focolare. Che gente incomprensibile! Sprofondati in meditazioni di cui non posso arrivare a capir la natura, mi passan d'accanto senza notarmi. È una pura follia la mia di nascondermi, perchè quella gente non vuol vedere. Appena un momento fa, passavo proprio sotto gli occhi del secondo; poco prima m'ero arrischiato fin nella cabina del comandante stesso, e fu là che potei procurarmi i mezzi di scrivere questo e tutto quanto precede. Continuerò di tanto in tanto questo giornale. È vero che non posso trovare alcuna occasione per trasmetterlo al mondo: ma pure proverò. All'ultimo momento chiuderò il manoscritto in una bottiglia e getterò ogni cosa in mare.

. . . .

È sopravvenuto un incidente che m'ha dato ancora assai da riflettere. Cose simili son forse l'opera d'un caso disciplinato? Ero salito sul ponte e m'ero steso, senza attirar l'attenzione d'alcuno, su un mucchio di corde e di vecchie vele, nel fondo della yole. Sempre pensando alla singolarità del mio destino, stavo cincischiando, senza pensarci, con una spazzola di catrame uno scopamare accuratamente piegato e posato accanto a me, su un barile. Ora lo scopamare è spiegato e steso sui suoi bastoni, e i tocchi irriflessivi della spazzola figurano la parola SCOPERTA.

Ho fatto recentemente parecchie osservazioni sulla struttura del vascello. Quantunque ben armato, non è, credo, un bastimento da guerra. Il suo attrezzamento, la sua struttura, tutto il suo equipaggiamento respingono una tale ipotesi. Quel che non è, lo capisco facilmente; ma quel che è, temo mi sia impossibile dirlo. Non so come sia, ma esaminando lo strano modello e la forma singolare delle sue caviglie, le sue proporzioni colossali, quella prodigiosa collezione di vele, la sua prua severamente semplice e la poppa d'uno stile disusato, mi sembra talvolta che la sensazione d'oggetti che non mi sono sconosciuti traversi come un lampo il mio spirito, e sempre a quelle ombre vaghe, intermittenti della memoria si mescola un ricordo inesplicabile di vecchie leggende straniere e di secoli antichissimi.

. . . .

Ho esaminato bene l'armatura della nave. È fatta di materiali che mi sono ignoti. Nel legno c'è un carattere che mi colpisce, perchè, mi sembra, lo rende improprio all'uso a cui è destinato; dico della sua estrema porosità, considerata indipendentemente dai guasti fatti dai vermi, che son la conseguenza della navigazione in questi mari e della putrefazione risultante dalla sua vecchiezza. Forse si troverà un po' troppo sottile la mia osservazione, ma mi pare che questo legno avrebbe tutto il carattere della quercia spagnuola, se la quercia spagnuola si potesse dilatare con mezzi artificiali.

Rileggendo quest'ultima frase, mi ritorna alla mente un curioso apoftegma d'un vecchio lupo di mare olandese. Quando qualcuno esprimeva dei dubbi sulla sua veracità diceva sempre:

— Questo è tanto vero com'è vero che c'è un mare dove la nave stessa ingrossa, come il corpo vivente d'un marinajo.

. . . .

Sarà appena un'ora, ho avuto l'ardire di ficcarmi in un gruppo d'uomini dell'equipaggio. Non hanno mostrato d'accorgersi di me, e, quantunque stessi proprio in mezzo a loro, sembrava non avessero alcuna coscienza della mia presenza.

Come quello che prima avea veduto nella stiva, aveano tutti i segni d'una gran vecchiezza. I loro ginocchi tremavano per debolezza; le spalle aveano curve sotto il peso degli anni; la loro pelle raggrinzita s'increspava al vento: la loro voce era bassa, tremolante, rotta; i loro occhi stillavano lacrime brillanti di vecchiezza, e i loro capelli grigi si stendevano indietro allungandosi terribilmente nella tempesta Attorno ad essi, da ogni parte del ponte, giacevano sparpagliati degli strumenti matematici d'una struttura antichissima e del tutto caduta in disuso.

. . . .

La nave, cacciata dal vento, non ha mai interrotto la sua corsa terribile, diritto al sud, carica di tutta la sua tela disponibile dai pomi degli alberi fino ai più bassi buttafuori, immergendo le sue cime di verghe nel più spaventoso inferno liquido che mai cervello umano abbia potuto concepire. Ora ho lasciato il ponte, non riuscendo a reggermi su alcun punto; tuttavia l'equipaggio non par che soffra molto. Siamo condannati senza dubbio, a costeggiare eternamente il confine dell'eternità, senza far mai il nostro tuffo definitivo nell'abisso. Si scivola colla velocità della rondine di mare su onde mille volte più spaventose di quante ne abbia mai viste; ed altre colossali elevano le loro teste al disopra di noi come demoni dell'abisso, ma come demoni ristretti alle sole minacce, ed a cui è proibito distruggere. Son inclinato ad attribuire questa salvezza perpetua alla sola causa naturale che possa legittimare un tale effetto, cioè ad una forte corrente o risucchio sottomarino che sostenga la nave.

. . . .

Ho visto il capitano proprio in faccia, e nella sua stessa cabina; ma, come me l'aspettavo, non ha fatto alcuna attenzione a me. Quantunque non ci sia niente nella sua fisionomia generale che riveli, all'occhio del primo venuto, qualche cosa di superiore o d'inferiore all'uomo, tuttavia lo stupore che provai al suo aspetto era misto con un sentimento di rispetto e di terrore irresistibile. Ha a un dipresso la mia statura, cioè circa cinque piedi e otto pollici. Nell'insieme è ben fatto, ben proporzionato; ma questa costituzione non annunzia nè vigore particolare, nè qualunque altra cosa notevole. Ma è la singolarità della espressione che regna sul suo viso, – è l'intensa, terribile, profonda evidenza della sua vecchiaja, così intera, così assoluta, che crea nel mio spirito un sentimento – una sensazione inesprimibile. La sua fronte, quantunque poco rugosa, sembra portare il suggello di una miriade d'anni. I suoi capelli grigi sono archivi del passato, e i suoi occhi, ancora più grigi, sono sibille dell'avvenire.

Il pavimento della sua cabina era ingombro di strani infolio dai fermagli di ferro, d'istrumenti di scienza logori e d'antiche carte d'uno stile completamente dimenticato. Teneva la testa stretta fra le mani, divorando con occhio ardente e inquieto una carta ch'io presi per un ordine, e che, ad ogni modo, portava una firma reale. Parlava da sè solo, – come il primo marinajo che avea veduto nella stiva, e borbottava con voce bassa e come dolente alcune sillabe d'una lingua sconosciuta; e, quantunque stessi proprio accanto a lui, mi parea che la sua voce m'arrivasse da lontano un miglio.

. . . .

La nave, come tutto quel che contiene, è impregnata dello spirito delle antiche età. Gli uomini dell'equipaggio scivolano qua e là come le ombre dei secoli morti: nei loro occhi vive un pensiero ardente e inquieto; e quando, sul mio cammino, le loro mani cadono nella luce cupa dei fanali, provo qualche cosa che finora non ho mai provato, quantunque sia stato sempre amante delle antichità e mi sia immerso nell'ombra delle colonne diroccate di Balbek, di Tadmor e di Persepoli, tanto che infine l'anima mia stessa è divenuta una rovina.

. . . .

Quando mi guardo intorno, mi prende vergogna dei miei primi terrori. Se la tempesta che ci ha inseguiti fin qui mi faceva tremare, ora non dovrei tremare d'orrore dinanzi a questa battaglia del vento e dell'oceano, di cui i nomi volgari di turbine e di simun non posson dare la minima idea?

La nave è letteralmente rinchiusa nelle tenebre d'una notte eterna e in un caos d'acqua che non spumeggia più; ma alla distanza d'una lega circa, da ogni parte, si posson vedere, distintamente e ad intervalli, dei monti prodigiosi di ghiaccio che salgono verso il cielo desolato e pajono le muraglie dell'universo!

. . . .

Come ne avevo avuto l'idea, la nave si trova evidentemente in una corrente, – se proprio si può dar questo nome a una marea che va muggendo e urlando traverso i biancori del ghiaccio e fa sentire dalla parte di sud un frastuono, uno scroscio più precipitato di quello d'una cateratta che cada a piombo.

. . . .

Concepire l'orrore delle mie sensazioni credo che sia assolutamente impossibile; tuttavia, la curiosità di penetrare i misteri di queste spaventose regioni soprafa ancora la mia disperazione e basta per riconciliarmi col più orribile aspetto della morte. È evidente che stiamo precipitandoci verso qualche grande scoperta, – qualche segreto incomunicabile, la cui conoscenza implica la morte. Forse questa corrente ci conduce allo stesso polo sud. Non si può disconoscere che, per quanto strana, questa proposizione ha per sè ogni probabilità.

. . . .

L'equipaggio percorre il ponte con un passo tremante ed inquieto; ma c'è in tutte le fisionomie un'espressione che assomiglia piuttosto all'ardore della speranza che all'apatia della disperazione.

Intanto abbiamo sempre il vento in poppa, e con tutta quella tela che portiamo, la nave qualche volta emerge quasi intieramente dal mare. Oh! orrore, orrore! – il ghiaccio s'apre d'un tratto a destra e a sinistra, e noi giriamo vertiginosamente sopra immensi cerchi concentrici, torno torno a un immenso anfiteatro i cui muri si perdono nelle tenebre dello spazio. Ma non mi resta che poco tempo per pensare al mio destino! I cerchi si restringono rapidamente, noi c'immergiamo vertiginosamente nella stretta del turbine, – e, a traverso il muggito, lo scroscio, l'esplosione dell'oceano e della tempesta, la nave trema, – oh! Dio! – manca, – s'affonda!

LA ROVINA
DELLA CASA USHER

Durante tutta una giornata d'autunno, giornata fuligginosa, fosca e muta, in cui le nuvole pesavano, grosse e basse nel cielo, avevo traversato, solo e a cavallo, una vasta distesa di paese singolarmente lugubre, e finalmente, quando s'appressavano le ombre della sera, mi trovai in vista della malinconica casa Usher.

Non saprei dire perchè, – ma è un fatto che al primo colpo d'occhio che gettai su quella costruzione, un sentimento di tristezza insopportabile mi penetrò nell'anima. Dico insopportabile, perchè quella tristezza non era per nulla temperata da una particella di quel sentimento la cui essenza poetica è quasi una voluttà e da cui l'anima è generalmente presa in faccia alle più cupe imagini naturali della desolazione e del terrore. Guardavo il quadro che s'offriva ai miei occhi, e, soltanto a veder la casa e la prospettiva caratteristica di quel dominio, – i muri che avevan freddo – le finestre che parevano occhi distratti, – alcuni gruppi di giunchi vigorosi, – alcuni tronchi d'albero bianchi e deperiti, – provavo quel completo abbattimento dell'anima che, fra le sensazioni terrestri, non si può meglio assomigliare che allo svegliarsi del mangiatore d'oppio – al suo angoscioso ritorno alla vita giornaliera, – all'orribile e lento ritrarsi del velo. Era un freddo al cuore, uno sconforto, un malessere, una irrimediabile tristezza di pensiero che nessuno stimolo dell'imaginazione poteva ravvivare nè sublimare. Ma che cos'era – mi fermai per pensarci, – che cos'era dunque quel non so che, che mi dava una tale impressione nel contemplare la casa Usher? Era proprio un mistero insolubile, e mi sentivo mancar la forza per lottare contro i pensieri tenebrosi che mi s'accavallavano nella mente intanto che ci pensavo. Dovetti finire per ricadere in questa conclusione poco soddisfacente, che esistono delle combinazioni d'oggetti naturali semplicissime che hanno la potenza d'impressionarci a quel modo, e che l'analisi di quella potenza si trova in considerazioni a cui noi non potremmo arrivare. Era possibile, pensavo, che una semplice differenza nella distribuzione dei materiali della decorazione, dei particolari del quadro, bastasse per modificare, fors'anche per annichilare quella potenza d'impressione dolorosa; e, regolandomi secondo quest'idea, volsi il mio cavallo verso la riva scoscesa d'un nero e lugubre stagno che, specchio immobile, si stendeva dinanzi alla costruzione; e guardai, – ma con un brivido più intenso ancora della prima volta, – le imagini riflesse e rovesciate dei giunchi grigiastri, dei tronchi di albero sinistri e delle finestre simili ad occhi senza pensiero.

Nondimeno era in questo soggiorno pieno di melanconia che mi proponevo di venir a passare alcune settimane. Il suo proprietario, Roderico Usher, era stato un mio buon amico d'infanzia; ma eran trascorsi parecchi anni dall'ultima volta che ci eravamo veduti. Tuttavia una lettera m'era pervenuta in una lontana parte del paese, – una lettera di lui, – così follemente pressante da non ammetter altra risposta che la mia stessa presenza. La scrittura dinotava un'agitazione nervosa. L'autore di quella lettera mi parlava d'una malattia fisica acuta,   d'un'affezione mentale che l'opprimeva, – e di un ardente desiderio di vedermi, essendo io il suo miglior e invero il suo solo amico, – sperando di trovar nella gioja della mia società qualche sollievo al suo male. Era il tono con cui eran dette tutte queste cose e ben altre ancora, era quell'espansione d'un cuore supplichevole, che non mi permetteva d'esitare; quindi obbedii, immediatamente a quello che consideravo tuttavia come uno degli inviti più singolari.

Quantunque nella nostra infanzia fossimo stati proprio amici stretti, intimi, non sapevo pertanto che pochissimo delle cose del mio amico. Sapevo tuttavia ch'era d'una famiglia antichissima, che s'era distinta da un tempo immemorabile per una sensibilità particolare di temperamento. Questa sensibilità s'era spiegata, attraverso i tempi, in opere numerose d'un'arte eccellente, e s'era manifestata, da vecchia data, per gli atti ripetuti d'una carità larga e discreta, e per un amore, una passione per le difficoltà, piuttosto forse che per le bellezze ortodosse, sempre sì facilmente riconoscibili, della scienza musicale. Conoscevo anche questo fatto notevolissimo che l'albero della casa Usher, per quanto così gloriosamente antico, non avea mai, a nessun'epoca, avuto rami durevoli; in altri termini, quella famiglia intiera non si era perpetuata che in linea diretta, meno qualche eccezione, insignificante però ed effimera. Era quest'assenza, – pensavo, sempre riflettendo all'accordo perfetto tra il carattere dei luoghi e il carattere proverbiale della schiatta, e riflettendo all'influenza che in una larga serie dei secoli l'uno poteva aver esercitato sull'altro, – era forse quest'assenza di rami collaterali e la trasmissione costante di padre in figlio del patrimonio e del nome, che, a lungo andare, li aveano così ben identificati tutt'e due che il nome primitivo del dominio s'era fuso nella bizzarra ed equivoca appellazione di casa Usher, – appellazione d'uso tra i paesani e che parea, – nella loro mente, – abbracciare tanto la famiglia come l'abitazione della famiglia.

L'unico effetto, come ho detto, della mia esperienza, un po' puerile, – quella cioè d'aver guardato nello stagno, – era stato di render più profonda la mia prima e così strana impressione. Ma senza dubbio fu la coscienza della mia superstizione crescente, – perchè non dovrei chiamarla così? – che principalmente contribuì ad accelerare quest'accrescimento. Tale e, lo sapevo da un pezzo, la legge paradossale di tutti i sentimenti che hanno per base il terrore. E fu quella forse l'unica ragione per cui, quando i miei occhi lasciando l'imagine nello stagno, si rialzarono verso la casa stessa, un'idea strana mi nacque nello spirito, – un'idea sì ridicola, in verità, che, se la dico, e soltanto per mostrare la forza viva delle sensazioni che m'opprimevano. La mia imaginazione avea tanto lavorato ch'io credevo realmente che sull'abitazione e sul dominio ci fosse un'atmosfera che gli fosse particolare, come anche ai più prossimi dintorni, – un'atmosfera che non avea affinità coll'aria del cielo ma che esalava dagli alberi deperiti, dalle muraglie grigiastre e dallo stagno silenzioso, – un vapore misterioso e pestilenziale, appena visibile, pesante pesante e d'un color plumbeo.

Rigettai dalla mente ciò che non poteva esser che una chimera, ed esaminai con più attenzione l'aspetto reale della costruzione. Il suo carattere dominante sembrava esser quello d'un'eccessiva antichità. Grande era la scolorazione prodotta dai secoli. Delle fungosità minute ricoprivano e tappezzavano tutta la facciata, cominciando dal tetto, come una stoffa fine, curiosamente ricamata.

Ma tutto ciò non implicava alcun deterioramento straordinario. Non era caduta nessuna parte della muratura e parea che ci fosse una strana contraddizione fra la consistenza generale intatta di tutte le sue parti e lo stato particolare delle pietre scheggiate, che mi ricordavano completamente la speciosa integrità delle vecchie tavole lasciate per lungo tempo a imputridire in qualche cantina dimenticata, lungi dal soffio dell'aria esterna. Tolto quell'indizio d'un vasto deterioramento, l'edificio non presentava altro sintomo di fragilità. Forse l'occhio d'un osservatore minuzioso avrebbe scoperto una fessura appena visibile, che, partendo dal tetto della facciata, s'apriva una via a zig zag attraverso il muro, andando a perdersi nelle acque funebri dello stagno.

Intanto che attendevo a questi particolari, guidai il cavallo per un corto viale che conduceva alla casa. Un servo prese il mio cavallo ed io entrai sotto la volta gotica del vestibolo. Un domestico, dal passo furtivo, mi condusse in silenzio, per un cammino oscuro e complicato, verso il gabinetto del suo padrone. Molte delle cose che incontrai in questo cammino contribuirono, non so come, a rinforzare quelle sensazioni vaghe di cui già ho parlato. Gli oggetti che mi circondavano, le sculture dei soffitti, le cupe tappezzerie dei muri, quel nero d'ebano dei pavimenti e quei fantasmagorici trofei d'armi che rumoreggiavano, scossi dal mio passo precipitato, eran tutte cose che ben conoscevo. Nell'infanzia ero stato avvezzato a simili spettacoli, – e, quantunque li riconoscessi senza esitare per cose che m'erano famigliari, consideravo con stupore quali pensieri insoliti quelle imagini ordinarie invocavano in me.

Su una delle scale incontrai il medico della famiglia. A quanto mi parve, la sua fisionomia esprimeva un misto di bassa malignità e di perplessità. Passò innanzi precipitosamente e scomparve. In quel punto il domestico aprì una porta e m'introdusse dal suo padrone.

Mi trovai in una camera grandissima ed altissima, colle finestre lunghe e strette a una tal distanza dal nero pavimento di quercia ch'era assolutamente impossibile arrivarci. Alcuni deboli raggi d'una luce purpurea s'aprivan la via attraverso i vetri ingraticolati e rendevano abbastanza distinti i principali oggetti circostanti; tuttavia l'occhio si sforzava invano d'arrivare agli angoli lontani della camera od alle profondità del soffitto arrotondato a volta e scolpito. Alcune drapperie cupe tappezzavano i muri. Il mobilio generale era stravagante, incomodo, antico e deperito. Una quantità di libri e di strumenti di musica giaceva sparpagliata qua e là, ma non bastava a dare al quadro una qualunque vitalità. Sentivo di respirare un'atmosfera d'affanno. Un'aria di melanconia crudele, profonda, incurabile, spaziava su tutto e penetrava tutto.

Al mio entrare, Usher s'alzò da un canapè dove giaceva lungo disteso e m'accolse con una calorosa vivacità, che rassomigliava assai, – tale almeno fu il mio primo pensiero, – ad una cordialità enfatica, allo sforzo di un uomo di mondo annojato, che obbedisce ad una circostanza. Ma però, al primo colpo d'occhio gettato sulla sua fisionomia, mi convinsi della sua perfetta sincerità.

Ci mettemmo a sedere, e, durante alcuni momenti, restando egli in silenzio, lo contemplai con un sentimento metà di compassione e metà di spavento.

Certo, nessun uomo s'era così terribilmente cambiato, e in così poco tempo, come Roderico Usher. Non fu senza molta difficoltà che potei consentire ad ammettere l'identità dell'uomo che mi stava dinanzi col compagno della mia prima giovinezza.

Il carattere della sua fisionomia era stato sempre notevole. Una tinta cadaverica, un occhio grande, liquido e luminoso oltre ogni idea, – delle labbra un po' sottili e pallidissime, ma d'una curva meravigliosamente bella, un naso d'un modello ebraico, delicatissimo, ma d'un'ampiezza di narici che raramente s'accorda con una tal forma, un mento d'un modello grazioso, ma che mancando d'un tratto deciso, tradiva una mancanza d'energia morale,– dei capelli d'una finezza e d'una morbidezza unica, – tutti questi tratti, ai quali conviene aggiungere uno sviluppo frontale eccessivo, gli facevano una fisionomia che non era facile dimenticare.

Ma, attualmente, nella semplice esagerazione del carattere di quella figura e dell'espressione che presentava abitualmente, c'era un tal cambiamento ch'io dubitai dell'uomo a cui parlavo.

Il pallore ora spettrale della pelle e lo splendore ora miracoloso dell'occhio mi colpivano in particolar modo, e quasi mi spaventavano. Poi s'era lasciato crescere indefinitamente i capelli, senza accorgersene, e, ondeggiandogli piuttosto che cadendogli intorno alla faccia quella strana nube aracnea, non potevo, pur mettendoci tutta la buona volontà, trovare nel loro stupendo stile arabesco, niente che ricordasse la semplice umanità.

Mi colpì, da bel principio, una certa incoerenza, una inconsistenza nelle maniere del mio amico e scoprii ben presto che ciò proveniva da uno sforzo incessante, – debole e puerile, – per vincere una trepidazione abituale, – un'eccessiva agitazione nervosa. Ma, già, qualche cosa di questo genere me l'aspettavo, e c'ero stato preparato non solo dalla sua lettera, ma anche dal ricordo di alcuni tratti della sua infanzia e da conclusioni dedotte dalla sua singolare conformazione fisica e dal suo temperamento. Aveva un'azione alternativamente viva e indolente, e una voce che passava rapidamente da una indecisione tremebonda, – quando gli spiriti vitali sembravano intieramente assenti, – a quella specie di brevità energica, a quell'enunciazione secca, tronca, ferma e pausata, – a quel parlar gutturale rude, stranamente oscillante e modulato, che è dato osservare nel perfetto ubriaco o nell'incorreggibile mangiatore d'oppio nei periodi della loro più intensa eccitazione.

Fu in questo tono che mi parlò dell'oggetto della mia visita, del suo ardente desiderio di vedermi e della consolazione che da me si riprometteva.

Si rimise giù, ben disteso, e mi spiegò a quel modo suo, il carattere della sua malattia.

Era, diceva, un mal di famiglia, un mal costituzionale, un male a cui disperava di poter trovare un rimedio, – una semplice affezione nervosa, soggiunse immediatamente, – di cui, senza dubbio, sarebbe stato bene presto liberato.

Si manifestava per una quantità di sensazioni sovranaturali. Alcune, mentre me le descriveva, m'interessarono e mi sgomentarono; può esser tuttavia che ci abbian contribuito per molto i termini e il tono del suo dire. Soffriva vivamente di un'acuità morbosa dei sensi; gli alimenti più semplici eran per lui i soli tollerabili. In quanto ai vestiti, non si potea sentire addosso che certi tessuti. Tutti gli odori di fiori lo soffocavano. Una luce, anche debole, gli tormentava gli occhi. E non c'erano che alcuni suoni particolari, cioè – quelli degli strumenti a corda, che non gli inspirassero orrore.

Vidi ch'era ormai soggiogato, schiavo d'una specie di terrore del tutto anormale. – Disse: io morirò, bisogna che muoja di questa deplorevole follia. È così, così, e non altrimenti che morirò. Ho paura degli avvenimenti che succederanno, non in loro stessi, ma nei loro risultati. Fremo al pensiero d'un incidente qualunque, del genere più volgare, che può operare su quest'intollerabile agitazione dell'anima mia. Veramente, non ho orrore del pericolo, eccetto che nel suo effetto positivo, – il terrore. In questo stato di nervosità, – stato miserando, – sento che tosto o tardi verrà il momento in cui la vita e la ragione m'abbandoneranno insieme, in qualche lotta ineguale col sinistro fantasma, la Paura!

Appresi anche ad intervalli, e per certe confidenze troncate, per delle mezze parole, dei sottintesi, un'altra particolarità della sua situazione morale. Era dominato da certe impressioni superstiziose relative al maniero che abitava, e da cui non avea osato uscire da parecchi anni, – relative ad un'influenza di cui egli traduceva la supposta forza con termini troppo tenebrosi per esser riportati qui, – un'influenza che alcune particolarità nella forma stessa e nella materia del maniero ereditario, avevano, coll'eccesso della sofferenza, – diceva, – impressa sul suo spirito, – un'effetto creato a lungo andare, sul morale della sua esistenza dal fisico dei muri grigi, delle torricelle e dello stagno nerastro in cui si rifletteva tutta la casa.

Ammetteva tuttavia, – ma non senza esitazione, – che una buona parte della singolare malinconia che l'affliggeva poteva essere attribuita ad un'origine più naturale e molto più positiva, – alla malattia, crudele e già inveterata, – infine, alla morte evidentemente prossima d'una sorella adorata, – la sua sola società da lunghi anni, la sua ultima e sola parente sulla terra.

— La sua morte, — diss'egli con un'amarezza che non dimenticherò mai, — mi lascerà, – me, così fragile e disperato, – ultimo dell'antica razza degli Usher.

Intanto che parlava, lady Madeline, – così si chiamava, – passò lentamente in fondo alla camera, e disparve senza aver posto attenzione alla mia presenza.

Io la guardai con un immenso stupore, in cui si mesceva del terrore; ma mi parve impossibile di rendermi conto dei miei sentimenti. Una sensazione di stupore immenso, dico, mi opprimeva, mentre cogli occhi seguivo i suoi passi che s'allontanavano. Quando alfine una porta si richiuse dietro a lei, il mio sguardo cercò istintivamente e curiosamente la fisionomia del fratello; – ma s'era nascosta la faccia tra le mani, e potei veder solamente che un pallore più che ordinario s'era sparso sulle dita magrissime, attraverso le quali filtrava una poggia di lagrime disperate.

La malattia di lady Madeline avea per lungo tempo disorientata la scienza dei suoi medici. Ne erano diagnostici singolarissimi un'apatia fissa, uno sfinimento graduale della sua persona, e delle crisi frequenti, quantunque passeggere, d'un carattere quasi catalettico. Fino allora, essa avea resistito coraggiosamente alla malattia ed ancora non s'era rassegnata a mettersi a letto; ma, sulla fine della sera del mio arrivo, cedeva, – come mi disse alla notte con un'inesprimibile agitazione suo fratello, – alla potenza irresistibile del male, ed appresi che, probabilmente, quell'occhiata ch'io aveva gettato su lei sarebbe stato l'ultima, – ch'io non vedrei più la dama, almeno vivente.

Durante quei pochi giorni che seguirono, nè io nè Usher pronunziammo mai il suo nome; ed intanto mi sforzai con ogni mio potere ad alleviare la melanconia del mio amico. Dipingemmo e leggemmo insieme; oppure ascoltavo, come in un sogno, le sue strane improvvisazioni sulla sua eloquente chitarra. E così, man mano che una sempre maggiore intimità m'apriva più familiarmente le profondità dell'anima sua, riconoscevo più amaramente la vanità di tutti i miei sforzi per rianimare uno spirito, donde la notte, come una proprietà che gli fosse stata inerente, gettava su tutti gli oggetti dell'universo fisico e morale, un'irradiazione incessante di tenebre.

Conserverò sempre la memoria di certe ore solenni che ho passate solo col padrone della casa Usher. Ma invano cercherei di definire il carattere esatto degli studi o delle occupazioni in cui mi trascinava o mi mostrava la via. Un'idealità ardente, eccessiva, morbosa, proiettava su tutte le cose la sua luce sulfurea.

Le sue lunghe e funebri improvvisazioni mi risuoneranno eternamente alle orecchie. Fra le altre cose m'è doloroso ricordo una certa parafrasi singolare, – una perversione dell'aria, già così strana, dell'ultimo valtzer di Von Weber.

In quanto alle pitture covate dalla sua laboriosa fantasia, e che arrivavano, tocco a tocco, a un vago che mi dava un brivido, un brivido tanto più penetrante, inquantochè rabbrividivo senza, saperne la ragione, – in quanto a quelle pitture, si vive per me, che ne ho ancora dinanzi agli occhi le imagini, – tenterei invano d'estrarne un saggio sufficiente, che si potesse contenere nel compasso della parola scritta. – Per l'assoluta semplicità, per la nudità dei suoi disegni, soffermava, imponeva l'attenzione.

Se giammai mortale dipinse un'idea, quel mortale fu Roderico Usher.

Per me almeno, – nelle circostanze che m'attorniavano – s'inalzava, dalle pure astrazioni che l'ipocondriaco si ingegnava di gettare sulla sua tela, un terrore intenso, irresistibile, di cui non ho mai sentito l'idea nella contemplazione delle visioni dello stesso Fuseli, splendide, senza dubbio, ma ancora troppo concrete.

Fra le concezioni fantasmagoriche del mio amico in cui lo spirito d'astrazione non avea una parte così esclusiva e che può esser schizzata, quantunque debolmente, dalla parola, ce n'era una in un quadretto rappresentante l'interno d'una cantina o d'un sotterraneo immensamente lungo, rettangolare, con certi muri bassi, lisci, bianchi, senza alcun ornamento, senza alcuna interruzione. Certi dettagli accessori servivano a far capire che quella galleria si trovava ad una profondità eccessiva sotto la superficie della terra. Non si scorgeva alcun'uscita nel suo immenso percorso; non si distingueva alcuna torcia, alcuna sorgente artificiale di luce; e tuttavia un'effusione di raggi intensi l'occupava da un capo all'altro, e bagnava il tutto d'uno splendore fantastico e incomprensibile.

Ho accennato di volo allo stato morboso del nervo acustico, che rendeva pel disgraziato intollerabile qualunque musica, eccetto alcuni effetti degli strumenti a corda. Forse eran gli stretti limiti in cui avea confinato il suo genio sulla chitarra che aveano, in gran parte, imposto il loro carattere fantastico alle sue composizioni. Ma è impossibile spiegarsi allo stesso modo la febbrile facilità delle sue improvvisazioni. Bisognava, evidentemente, che fossero, ed erano infatti, tanto nelle note che nelle parole delle sue strane fantasie, – poichè accompagnava spesso la sua musica con parole improvvisate e rimate,– il risultato di quell'intenso raccoglimento e di quella concentrazione delle forze mentali, che non si manifestano, come ho già detto, che nei casi particolari della più alta eccitazione artificiale.

D'una di quelle rapsodie mi son ricordato facilmente le parole. Forse mi impressionò più vivamente quando me la mostrò, perchè nel suo senso interno e misterioso credetti scoprire per la prima volta che Usher avea piena coscienza del suo stato, – che sentiva la sua sublime ragione vacillar sul suo trono. S'intitolava Il palazzo incantato. Eccola qui, a un dipresso:

«Nella più verde delle nostre valli, abitata dai buoni angeli, s'ergeva una volta, bello, alto, maestoso, raggiante un palazzo. Era nel dominio del monarca Pensiero, – era là che s'ergeva! Mai serafino dispiegò le sue ali su un edificio di metà così bello.

«Delle bandiere bionde, superbe, dorate, sventolavano al suo torrione (Tutto questo era negli antichi, negli antichissimi tempi). E, ad ogni dolce venticello che si levava in quelle soavi giornate, lungo i bastioni alberati e pallidi, s'effondeva un profumo alato.

«I viandanti, in quella valle felice, attraverso a due finestre luminose, vedevano degli spiriti che si muovevano armoniosamente, seguendo il suono d'un liuto ben accordato, tutt'intorno a un trono, dove, assiso, – un vero Porfirogeneto, quello! – in un apparato degno della sua gloria, appariva il signore del regno.

«E tutta risplendente d'oro e di rubini era la porta del bel palazzo, da cui incessantemente sfuggiva svolazzando e gaudiosamente vociferando una moltitudine d'Echi che aveano il grato incarico di cantar semplicemente, con accenti di squisita bellezza, lo spirito e la sapienza del loro re.

«Ma degli esseri di sventura, in abiti lugubri, hanno assalito l'alta autorità del monarca – Ah! piangiamo! chè giammai l'alba d'un indomani brillerà su lui, l'infelice! – E, tutt'intorno alla sua magione, la gloria che s'imporporava e fioriva, non è più che una storia, un ricordo tenebroso delle vecchie età defunte.

«Ed ora i viandanti, in quella valle, attraverso le finestre rossastre, vedono vaste forme muoversi fantasticamente al suono d'una musica discordante; mentre che, come un torrente rapido e lugubre, attraverso la porta pallida, un'orribile moltitudine si riversa eternamente, che va scoppiando dalle risa, – più non potendo sorridere.»

Ricordo. benissimo che le inspirazioni sorte da questa ballata ci gettarono in una corrente d'idee, in mezzo alla quale si manifestò un'opinione d'Usher che cito, non tanto in ragione della sua novità, – perchè l'hanno avuta anche altri , – quanto a causa dell'ostinazione con cui la sosteneva. Quest'opinione, nella sua forma generale, non era altro che la credenza alla sensibilità di tutti gli esseri vegetali. Ma nella sua imaginazione scombussolata l'idea avea preso un carattere anche più ardito, ed arrivava, in certe condizioni, fin anche al regno inorganico. Mi mancano le parole per esprimere tutta la profondità, la serietà, l'abbandono della sua fede.

Questa credenza tuttavia si rilegava, – come già ho fatto capire, – alle pietre grigie del maniero dei suoi antenati. Qui le condizioni di sensibilità, imaginava lui, erano sorte dal metodo che avea presieduto alla costruzione, – dalla posizione rispettiva delle pietre, come da tutte le fungosità che le rivestivano, e dagli alberi rovinati che si drizzavano là d'intorno, – ma soprattutto dall'immutabilità di quelle disposizioni e dalla loro rifrazione nelle acque morte dello stagno. La prova, – la prova di codesta sensibilità, si mostrava, – diceva lui, ed allora l'ascoltavo con inquietudine, – nella condensazione graduale, ma positiva, al di sopra delle acque, intorno ai muri, d'un'atmosfera ch'era loro propria. Il risultato, – aggiungeva, – si dichiarava in quell'influenza muta, ma importuna e terribile, che da secoli e secoli avea, per così dire, modellati i destini della sua famiglia, e che lo faceva, lui, come me lo vedevo dinanzi, – allo stato in cui era ridotto. Simili opinioni non hanno bisogno di commenti, ed io non ne farò.

I nostri libri, – i libri che da anni costituivano una gran parte dell'esistenza spirituale dei malato, erano, si capisce, in accordo perfetto con quel carattere da visionario.

Analizzavamo insieme delle opere come il VertVert e la Chartreuse, di Gresset; il Belfagor, di Machiavelli; le Meraviglie del Cielo e dell'Inferno, di Swedemborg; il Viaggio sotterraneo di Nicola Klimm, di Rolberg; la Chiromanzia, di Roberto Flud, di Gian d'Indagine e di De La Chambre; il Viaggio nel Blu di Tieck e la Città del Sole, di Campanella.

Uno dei suoi volumi favoriti era una piccola edizione in ottavo del Directorium inquisitorium del domenicano Imerico De Gironne; e su certi passaggi di Pomponio Mela, a proposito degli antichi satiri africani e degli Egipani, Usher fantasticava per delle ore. Tuttavia quello che proprio lo deliziava era la lettura d'un inquarto gotico rarissimo e curioso, – il manuale d'una chiesa dimenticata, le Vigilæ Mortuorum secundum Chorum Ecclesiæ Maguntinæ.

Stavo pensando mio malgrado allo strano rituale contenuto in quel libro ed alla sua probabile influenza sull'ipocondriaco, quando, una sera, dopo avermi informato bruscamente come lady Madeline non esistesse più, mi annunziò l'intenzione di conservarne il corpo per una quindicina di giorni, – aspettando il seppellimento definitivo, – in uno dei numerosi sotterranei posti sotto i grossi muri del castello. La ragione umana che dava di questo singolar modo d'agire era una di quelle ragioni che non mi sentivo il diritto di contraddire. Come fratello, – mi diceva, – egli avea preso quella risoluzione in considerazione del carattere insolito della malattia della defunta, d'una certa curiosità importuna e indiscreta da parte degli uomini di scienza, e della situazione remota ed assai esposta della tomba di famiglia. Confesso che, quando mi ricordai la fisionomia sinistra dell'individuo che avevo incontrato sulla scala, la sera del mio arrivo al castello, non ebbi voglia d'oppormi a ciò che riguardavo come una precauzione ben innocente, senza dubbio, ma certamente naturalissima.

Sulla preghiera d'Usher, l'ajutai io stesso nei preparativi di quella sepoltura temporanea. Mettemmo il corpo nella bara, e, noi due, lo portammo al suo luogo di riposo.

Il sotterraneo dove lo deponemmo, – e che era rimasto chiuso da tanto tempo, che le nostre torce, mezzo soffocate in quell'atmosfera pesante, miasmatica, non ci permettevan guari d'esaminare i luoghi, – era piccolo, umido, e non offriva alcuna via alla luce del giorno; era situato a una gran profondità, giusto al disotto di quella parte del fabbricato dove si trovava la mia camera da letto. Probabilmente, negli antichi tempi feudali, avea fatto l'orribile ufficio di segreta, e nei tempi posteriori, di ripostiglio per la polvere o qualunque altra materia facilmente infiammabile; perchè una parte del suolo e tutte le pareti d'un lungo vestibolo che traversammo per arrivarci, erano accuratamente rivestite di rame. La porta di ferro massiccio, era stata l'oggetto delle stesse precauzioni. Quando quel peso immenso girava sui suoi cardini, mandava un suono singolarmente acuto e discordante.

Deponemmo dunque il nostro funebre fardello su dei cavalletti in quella regione d'orrore; voltammo un po' da una parte il coperchio della bara, che non era ancora avvitato, e guardammo la faccia del cadavere. Ciò che colpì subito la mia attenzione fu la grande rassomiglianza tra fratello e sorella; ed Usher, indovinando forse i miei pensieri, mormorò alcune parole da cui appresi che la defunta e lui eran gemelli, e che tra loro c'erano sempre state delle simpatie d'una natura quasi inesplicabile.

Nondimeno i nostri sguardi non rimasero fissati a lungo sulla morta, perchè non potevamo contemplarla senza terrore.

Il male che aveva condotto alla tomba lady Madeline nella pienezza della sua gioventù, aveva lasciato, come succede d'ordinario in tutte le malattie d'un carattere strettamente catalettico, l'ironia d'un debole colorito sul seno e sulla faccia, e sul labbro quel sorriso equivoco e languido così terribile nella morte.

Rimettemmo a posto e riavvitammo il coperchio, e, dopo aver ben chiusa la porta di ferro, riprendemmo, stanchi, abbattuti, il cammino verso gli appartamenti superiori, che non eran guari meno melanconici.

E allora, dopo un lasso d'alcuni giorni pieni del più amaro dolore, si fece un visibile mutamento nei sintomi della malattia morale del mio amico. Le sue maniere ordinarie erano scomparse. Le sue occupazioni abituali neglette, dimenticate. Errava di camera in camera, con un passo precipitato, ineguale, senza scopo. Il pallore della sua fisionomia era diventato fors'anche più spettrale: ma la proprietà luminosa del suo occhio era interamente scomparsa. Non sentivo più quel tono di voce aspra che prendeva, alle volte, prima; e un tremito che si sarebbe detto causato da un estremo terrore caratterizzava ordinariamente la sua pronuncia. In verità qualche volta mi succedeva di figurarmi che il suo spirito, incessantemente agitato, fosse travagliato da qualche segreto soffocante e che non potesse trovare il coraggio necessario per rivelarlo. Altre volte mi trovavo obbligato a concludere alle bizzarrie inesplicabili della follia; perchè lo vedevo guardare il vuoto per ore e ore nell'attenzione più profonda, come si ascoltasse un rumore imaginario. Non è a stupire se dirò che il suo stato mi spaventava, anzi m'infettava. Sentivo insinuarsi in me, con una gradazione lenta, ma sicura, la strana influenza delle sue superstizioni fantastiche e contagiose.

Fu una notte specialmente – la settima o l'ottava dopo che avevamo deposto lady Madeline nel sotterraneo – tardissimo, che provai tutta la potenza di quelle sensazioni. Il sonno non voleva venire al mio letto; le ore, ad una ad una, scorrevano, scorrevano sempre. Mi sforzai, ragionando, di calmare l'agitazione nervosa che mi dominava. Mi sforzai di persuadermi che, se non tutto assolutamente, almeno parte di quel che provavo lo doveva all'influenza prestigiosa del melanconico mobilio della camera, delle cupe drapperie stracciate che, tormentate dal soffio d'un uragano nascente, vacillavano qua e là pei muri, come per accessi, e rumoreggiavano dolorosamente intorno agli ornati del letto.

Ma furono tutti sforzi vani. Un terrore insormontabile penetrò grado a grado tutto il mio essere; e a lungo andare venne a posarmisi sul cuore un'angoscia senza motivo, un vero incubo. Respirai con energia, feci uno sforzo, ed arrivai a scuotermi; e sollevandomi sui cuscini, e figgendo ardentemente lo sguardo nella fitta oscurità della camera, tesi l'orecchio, non saprei dire perchè, se non mi ci spinse una forza istintiva, a certi suoni bassi e vaghi che partivano non so di dove, e che m'arrivavano a lunghi intervalli, traverso i riposi della tempesta. Dominato da una sensazione intensa d'orrore, inesplicabile e intollerabile, mi misi in fretta i miei abiti, perchè sentivo che in quella notte non avrei mai potuto dormire, e mi sforzai, camminando qua e là a gran passi per la camera, di uscire dallo stato deplorabile nel quale ero caduto.

Avevo fatto appena così pochi giri, quando la mia attenzione fu fermata da un passo leggero su una scala vicina. Riconobbi subito il passo d'Usher. Un secondo dopo, battè dolcemente alla mia porta, ed entrò con un lume in mano. Aveva la fisionomia, come d'ordinario, di un pallore cadaverico, ma c'era inoltre, ne' suoi occhi, non so che ilarità insensata, e in tutti i suoi modi una specie d'isteria evidentemente contenuta. Il suo aspetto mi spaventò; ma tutto era preferibile alla solitudine che aveva sofferto per tanto tempo, ed accolsi la sua presenza come un sollievo.

— E voi non l'avete veduto? disse bruscamente dopo qualche minuto di silenzio e dopo aver girato intorno uno sguardo fisso, voi dunque non l'avete veduto? Ma aspettate! Lo vedrete!

E così dicendo, dopo aver accuratamente assicurata la lampada, si precipitò verso una delle finestre, e l'aprì, spalancata, alla tempesta.

La furia impetuosa del vento ci alzò quasi dal suolo. E veramente era una notte burrascosa, terribilmente bella, una notte unica e strana nel suo orrore e nella sua bellezza. Un turbine, probabilmente, s'era concentrato nei nostri dintorni, perchè c'erano i salti frequenti e violenti nella direzione del vento, e l'eccessiva densità delle nubi, ora discese così al basso da pesare quasi sulle torricelle del castello, non c'impediva d'apprezzare la velocità viva con cui accorrevano l'una contro l'altra da tutti i punti dell'orizzonte, invece di perdersi nello spazio. La loro eccessiva densità non c'impediva di veder quel fenomeno; pertanto non si scorgeva nè luna nè stelle e nessun lampo projettava la sua luce. Ma le superfici inferiori di quelle vaste masse di vapori cozzanti, come tutti gli oggetti terrestri situati nel nostro ristretto orizzonte, riflettevano il chiarore sovranaturale d'un'esalazione gasosa che pesava sulla casa e l'involgeva in un manto quasi luminoso e distintamente visibile.

— Voi non dovete veder questo! Voi non contemplerete questo, dissi fremendo ad Usher; e, con una dolce violenza, toltolo dalla finestra, lo condussi verso una poltrona. Questi spettacoli che ti fanno girar la testa son fenomeni puramente elettrici e ordinarissimi, o forse hanno la loro funesta origine dai miasmi fetidi dello stagno. Chiudiamo questa finestra: l'aria è ghiacciata e pericolosa per la vostra costituzione. Ecco uno dei vostri romanzi favoriti. Io leggerò, e voi ascolterete: e passeremo così questa notte terribile insieme.

Avevo messo, la mano su quell'antico libro Mad Trist, di sir Lancellotto Canning; ma gli avevo affibbiato il titolo di libro favorito d'Usher per ischerzo; triste scherzo perchè, in verità, nella sua vacua e barocca prolissità, non c'era gran pastura per l'alta spiritualità del mio amico. Ma era il solo libro che avessi immediatamente sotto le mani, ed avevo concepito la vaga speranza di trovare un sollievo all'agitazione che tormentava l'ipocondriaco (giacchè la storia delle malattie mentali è piena d'anomalie di questo genere) nella stessa esagerazione delle follie che stavo per leggergli. A giudicarne dall'aria d'interesse stranamente profondo con cui ascoltava, o fingeva d'ascoltare le frasi del racconto, avrei potuto felicitarmi del successo del mio strattagemma.

Ero giunto a quella parte così nota della storia in cui Etelredo, l'eroe, il protagonista, avendo tentato invano di entrare all'amichevole nella dimora d'un eremita, s'accinge ad entrare per forza. Qui, ricordate, il racconto dice così:

«Ed Etelredo, ch'era per natura un cuor prode e che ora era anche fortissimo, a ragione dell'efficacia del vino bevuto, non perse più tempo a parlamentare coll'eremita, che, per verità, era ben ostinato e malizioso, ma sentendosi addosso la pioggia, e temendo che la tempesta da un momento all'altro scoppiasse, alzò senz'altro la sua mazza e con alcuni colpi s'ebbe in un momento aperta la via alla sua mano inguantata di ferro e così, tirando vigorosamente a sè, fece scricchiolare, fendersi, andare in pezzi tutto, in tal modo che il rumore del legno secco e scrocchiante portò lo spavento e fu ripercosso da un punto all'altro della foresta.»

Alla fine di questa frase trasalii, e feci una pausa; perchè m'era parso – ma conclusi subito ch'era un'illusione della mia imaginazione – m'era parso che da una parte lontanissima del castello mi fosse venuto confusamente all'orecchio un rumore che avrebbe potuto dirsi, per la sua esatta analogia, l'eco soffocato, ammortito, di quel rumore di scricchiolìo e di troncamento così preziosamente descritto da sir Lancellotto. Evidentemente, era la sola coincidenza che aveva fermata la mia attenzione; perchè, tra il fremito delle intelajature delle finestre e tutti i rumori confusi della tempesta sempre crescente, quel suono in sè stesso non avea niente, davvero, che potesse imbarazzarmi o turbarmi. Continuai il racconto:

«Etelredo, il forte campione, passata la porta, rimase meravigliato e furibondo di non scorgere alcuna traccia del maligno eremita, ma in vece sua un dragone d'un aspetto mostruoso e squamoso, con una lingua di fuoco, che stava in sentinella dinanzi a un palazzo d'oro il cui pavimento era d'argento; e sul muro stava sospeso uno scudo di bronzo splendente, con questa leggenda scolpitavi:

Fia vincitor colui ch'entrar qui sappia,

Fia lo scudo di quei che il drago ancida.

«Ed Etelredo alzò la sua mazza e colpì alla testa il drago, il quale gli cadde dinanzi e rese l'ultimo suo soffio pestifero con sì spaventevole ruggito, sì aspro e insieme sì penetrante ch'Etelredo fu obbligato a tapparsi gli orecchi colle mani, per difendersi da quel rumore così terribile, di cui non s'era mai sentito l'eguale.»

Qui, di nuovo, m'interruppi bruscamente, e questa volta violentemente stupefatto, poichè, senza alcun dubbio, avevo realmente sentito (in qual direzione m'era impossibile indovinarlo) un suono fievole e come lontano, ma aspro, prolungato, stranamente penetrante e stridente, il facsimile esatto del grido sovranaturale del drago descritto dal romanziere, e quale già se l'era figurato la mia imaginazione.

Oppresso, come dovevo esserlo, evidentemente, dopo questa seconda e straordinarissima coincidenza, da mille sensazioni contradittorie, tra le quali dominavano uno stupore e un terrore estremi, pure conservai ancora abbastanza presenza di spirito per evitare d'eccitare con una osservazione qualunque la sensibilità nervosa del mio compagno. Non ero del tutto sicuro che avesse notato quei rumori, quantunque, certissimo, una strana alterazione si fosse manifestata nel suo contegno. Dalla sua posizione primitiva, proprio in faccia a me, a poco a poco, aveva voltata la sua poltrona in modo da trovarsi seduto colla faccia rivolta verso la porta della camera; di modo che non potevo veder tutto il suo aspetto, quantunque ben m'accorgessi che gli tremavan le labbra come se mormorasse qualcosa, d'inafferrabile. La testa gli era caduta sul petto: l'occhio che intravedevo di profilo era spalancato e fisso. Del resto, anche il movimento del suo corpo contradiceva quell'idea, perchè si dondolava da una parte e dall'altra con movimento dolcissimo ma costante ed uniforme. Notai tutto ciò rapidamente, e ripresi il racconto di sir Lancillotto, che continuava così:

«Ed ora il bravo campione, sfuggito alla furia terribile del drago, ricordandosi dello scudo di bronzo e che l'incanto che vi pesava sopra era rotto, sbarazzò la via del cadavere e s'avanzò coraggiosamente, sul pavimento d'argento del castello, verso quella parte del muro a cui era appeso lo scudo, il quale, in verità, non istette ad aspettare che fosse arrivato fino a lui, ma gli cadde ai piedi sul pavimento d'argento con un potente e terribile fragore.»

Queste ultime sillabe m'erano appena sfuggite dalle labbra che – come se uno scudo di bronzo fosse pesantemente caduto, in quello stesso momento, su un pavimento d'argento – ne sentii l'eco distinto, profondo, metallico, fragoroso, ma come assordito. Mi parve di diventare pazzo; saltai in piedi, esterrefatto; ma Usher non aveva interrotto il suo dondolamento regolare. Mi precipitai verso la poltrona su cui sedeva sempre. I suoi occhi erano fissi, dritto, innanzi a lui, e tutta la sua fisionomia era tesa, rigida. come fosse di pietra. Ma, quando gli posai una mano sulla spalla, un fremito violento lo percorse tutto, un sorriso malsano gli fremè nelle labbra, e vidi che parlava piano, pianissimo – un mormorio precipitoso ed inarticolato – come se non avesse coscienza della mia presenza. Mi chinai verso lui, accosto accosto, e finalmente divorai l'orribile significato delle sue parole:

— Non sentite? Io, sì, che sento, ed ho sentito da molto tempo... molto, molto tempo, molti minuti, molte ore, molti giorni, ho sentito, ma non osavo... oh! pietà per me, miserabile disgraziato che sono! Non osavo, non osavo parlare! Noi l'abbiamo messa viva nella tomba! Non v'ho detto che i miei sensi erano finissimi? Ora vi dico che ho inteso i suoi primi deboli movimenti nella bara! Li ho intesi, da molti giorni, molti, molti giorni! Ma non osavo, non osavo parlare! Ed ora – stanotte – Etelredo, ah! ah! la porta dell'eremita sfondata, e il rantolo del dragone, e il fragore dello scudo! Dite piuttosto l'infrangersi della sua bara, e lo stridere dei cardini di ferro della sua prigione, e la sua lotta spaventevole nel vestibolo di rame! Oh! dove fuggire? Non sarà qui essa da un momento all'altro? Non arriva per rimproverarmi la mia precipitazione? Non ho udito il suo passo sulla scala? Forse che non distinguo l'orribile e pesante battito del suo cuore? Insensato!

E qui si drizzò furiosamente in piedi, ed urlò queste sillabe, come se in questo sforzo supremo rendesse l'anima:

— Insensato! Vi dico che ora essa è dietro le porta!

Nello stesso istante, come se l'energia sovrumana delle sue parole avesse acquistato la potenza d'un incanto, i grandi e antichi panneggiamenti che indicava Usher dischiusero lentamente le loro pesanti mascelle d'ebano. Non era che l'effetto d'un furioso colpo di vento: ma dietro quella porta stava allora l'alta figura di lady Madeline Usher, avviluppata nel suo sudario. C'era del sangue sul suo manto bianco e tutto il suo corpo dimagrato portava le tracce evidenti di qualche orribile lotta. Per un momento rimase sulla soglia fremente e vacillante; poi, con un grido lamentoso e profondo, cadde pesantemente in avanti, sul fratello, e, nella sua violenta e definitiva agonia, lo trascinò a terra, ormai cadavere e vittima de' suoi terrori anticipati.

Fuggii da quella camera e da quel castello, colpito d'orrore. La tempesta era ancora in tutta la sua rabbia, quand'io raggiunsi il vecchio viale. Ad un tratto uno strano chiarore si projettò sulla via, ed io mi rivolsi per vedere donde potea pervenire una luce così singolare, perchè dietro di me non aveva che il vasto castello con tutte le sue ombre. L'irradiamento proveniva dalla luna piena che tramontava, rossa sanguigna, ed ora brillava di viva luce a traverso a quella fessura, poco fa appena visibile, che, come ho detto, percorreva a zigzag il fabbricato dal tetto alla base. Intanto che stavo guardando, quella fessura s'allargò rapidamente, sopravenne una ripresa di vento, un turbine furioso: il disco intero del satellite rifulse d'un tratto ai miei occhi. Mi girò la testa al vedere le potenti muraglie spezzarsi in due. Successe un rumore prolungato, un fracasso tumultuoso come la voce di mille cateratte, e lo stagno putrido e profondo disteso ai miei piedi, si richiuse tristamente e silenziosamente sulle rovine della casa Usher.

HOPFROG

Non ho conosciuto mai uno che avesse più passione e che fosse più portato alla facezia di quel bravo re. Non viveva che per gli scherzi. Il modo più sicuro per ottenerne i favori era di raccontare una buona storia, nel genere buffo, e raccontarla bene.

Per questo i suoi sette ministri eran tutte persone distinte.... pei loro talenti di buffoni. Eran tutti come il loro reale signore, – vasta corpulenza, adiposità, attitudine inimitabile agli scherzi. Che la gente ingrassi colle buffonate o che nel grasso ci sia qualche cosa che predispone alla buffonata, è una questione che non ho mai potuto decidere; ma è un fatto che un buffone magro si può chiamare rara avis in terris.

In quanto alle finezze, alle ombre dello spirito, come le chiamava, il re non se ne curava troppo. Aveva un'ammirazione speciale per la larghezza della facezia, e, per l'amor di lei, la digeriva anche in lunghezza. Le delicatezze gli seccavano. Avrebbe preferito il Gargantua di Rabelais al Zadig di Voltaire, e, quel che gli andava proprio a genio, eran le buffonate in azione, più ancora che gli scherzi a parole.

In quell'epoca i buffoni di professione non eran del tutto passati di moda. Qualcuna delle grandi potenze del continente teneva ancora i suoi buffoni di corte. Eran certi disgraziati, colla faccia tutta spennellata, ornati con certi berretti a sonagliere, e che doveano star sempre pronti a fornire, a ogni momento, delle spiritosaggini in cambio dei minuzzoli che cadevano dalla tavola reale.

Il nostro re, naturalmente, l'aveva il suo buffone. È un fatto che proprio sentiva il bisogno di qualche cosa nel senso della follia, – se non foss'altro in compenso della pesante saggezza dei sette uomini saggi che gli servivan da ministri, – per non dir di lui.

E tuttavia, il suo buffone non era solamente un buffone. Agli occhi del re il suo valore era triplicato dal fatto ch'era allo stesso tempo nano e zoppo. In quel tempo nelle corti, i nani eran comuni come i buffoni; e parecchi monarchi non avrebbero saputo come impiegare il tempo – il tempo è più lungo alla corte che in qualunque altro luogo, – senza un buffone per farli ridere e un nano per riderne. Ma, come ho già osservato, novantanove volte su cento i buffoni son grassi, grossi e massicci, – di modo che era proprio un orgoglio pel nostro re possedere in HopFrog, – così si chiamava il buffone, – un triplice tesoro in una persona sola.

Non credo che con quel nome d'HopFrog l'avessero battezzato i suoi padrini, ma che piuttosto gli sia stato conferito all'unanimità dai sette ministri perchè non poteva camminare come gli altri uomini .

E realmente, HopFrog non si poteva muovere che con una specie d'andatura interiettiva, qualcosa tra il salto e la giravolta, una specie di movimento che pel re era una ricreazione perpetua e, naturalmente, un godimento; perchè nonostante la sua pancia e una grossezza di costituzione della sua testa, agli occhi di tutta la sua corte il re passava per un gran bell'uomo.

Ma, quantunque HopFrog, per la distorsione delle sue gambe, non si potesse muovere che a gran fatica per via o su un pavimento qualunque, la prodigiosa forza mescolare che la natura gli aveva messo nelle braccia, come per compensare l'imperfezione delle sue membra inferiori, lo rendeva capace di tanti atti d'una destrezza meravigliosa quando si trattava d'alberi, di corde o di qualunque altra cosa da potervisi arrampicare. In quegli esercizi, piuttosto che un ranocchio, parea uno scojattolo o uno scimiotto.

Di qual paese fosse oriundo precisamente non lo saprei dire. Senza dubbio veniva da qualche regione barbara, di cui nessuno avea mai sentito parlare, – a una gran distanza dalla corte del nostro re. HopFrog e una giovanetta, un po' meno nana di lui, – ma perfettamente proporzionata ed eccellente ballerina, – erano stati tolti dai loro rispettivi focolari, in certe provincie limitrofe e mandati in regalo al re da uno dei suoi generali vincitori.

In tali circostanze non è dunque a meravigliare se fra i due piccoli prigionieri si fosse stretta una grande intimità. E infatti, divennero presto due amici giurati. HopFrog, quantunque facesse di gran buffonate, non era per nulla popolare, e quindi non poteva essere di grand'utile a Tripetta; ma lei, colla sua grazia e colla sua squisita bellezza – di nana – era universalmente ammirata e accarezzata; quindi aveva molta influenza e non mancava mai di servirsene, in ogni occasione, per giovare al suo caro HopFrog.

In un'occasione di gran solennità, – non ricordo più quale, – il re decise di dare un ballo in maschera; e ogni volta che avea luogo alla corte una mascherata o qualunque altra festa di questo genere, si metteva prima di tutto in requisizione l'ingegno d'HopFrog e di Tripetta. Specialmente HopFrog ne sapeva inventar tante in materia di decorazioni, di tipi nuovi e di travestimenti pei balli in maschera, che parea proprio non si potesse far niente senza di lui.

La notte designata per la festa era arrivata. Sotto la direzione di Tripetta era stata disposta una sala splendida colla maggiore ingegnosità possibile per far figurare una mascherata. Tutta la corte stava nella febbre dell'aspettazione. In quanto ai costumi e ai travestimenti, si sa, ognuno avea già fatto la sua scelta. Qualcuno ci avea pensato fin da una settimana ed anche da un mese prima; insomma non c'era incertezza nè indecisione da alcuna parte, – fuorchè nel re e nei suoi sette ministri. Perchè indugiavano? Chi lo sa? – a meno che non fosse anche quello uno scherzo. Ma più probabilmente non arrivavano ad afferrare la loro idea, così grassi com'erano! Comunque sia, il tempo volava, e, per ultima risorsa, mandarono a cercare Tripetta ed HopFrog.

Quando i due piccoli amici obbedirono all'ordine del re, lo trovarono che prendeva regalmente il vino coi sette membri del suo consiglio privato; ma pareva di cattivo umore.

Sapeva che HopFrog avea orrore del vino; infatti questo liquore eccitava fino alla follia il povero zoppo; e la follia non è mica lo stato più piacevole. Ma il re ci prendeva gusto a forzare HopFrog a bere, e, – secondo l'espressione regale, – ad esser gajo.

— Vien qua, HopFrog, — disse, appena vide entrar nella stanza il nano colla sua amica; bevimi un po' questo bicchierone alla salute dei nostri amici assenti (qui HopFrog mandò un sospiro), e servici della tua imaginazione. Abbiamo bisogno di tipi, – di caratteri, mio bravo ragazzo! – di qualche cosa di nuovo, – di straordinario. Siamo stanchi di questa eterna monotonia. Là, bevi! – il vino accenderà il tuo genio!

HopFrog tentò, come al solito, di rispondere con una spiritosaggine alla proposta del re; ma lo sforzo fu troppo grande. Quello era proprio il giorno della nascita del povero nano e l'ordine di bere alla salute dei suoi amici assenti gli fece sgorgare le lacrime dagli occhi. Alcune larghe gocce amare caddero nel bicchiere, mentre lo riceveva umilmente dalla mano del suo tiranno.

— Ha! ha! ha! — ruggì costui, mentre il nano vuotava la coppa con nausea, guarda quel che può fare un bicchiere di buon vino! Guarda un po'! Già ti brillano gli occhi!

Poveretto! I suoi grand'occhi scintillavano piuttosto che brillare, perchè l'effetto del vino sul suo cervello eccitabile era potente e insieme istantaneo. Posò nervosamente il bicchiere sulla tavola e girò sugli astanti uno sguardo fisso e quasi folle. Parea che si divertissero tutti prodigiosamente allo scherzo reale.

— Ed ora, all'opera! — disse il primo ministro, un uomo grossissimo.

— Sì, — disse il re; avanti! HopFrog, ajutaci. Dei tipi, mio bel ragazzo, dei caratteri! abbiamo bisogno di carattere! tutti ne abbiamo bisogno! – ha! ha! ha!

E siccome, decisamente, questa voleva essere una spiritosaggine, tutti e sette fecero coro alle risate reali. Anche HopFrog rise, ma debolmente e con un riso distratto.

— Avanti! su! — disse il re impazientito, — non trovi niente?

— Tento di trovare qualcosa di nuovo, — ripetè il nano con un'aria smarrita, perchè il vino l'avea scombussolato del tutto.

— Tenti?! — gridò il tiranno ferocemente. — Che intendi dire! Ah! capisco! Voi mi state imbronciato, e vi ci vuole ancora del vino. Prendi! Tracannami questo! — e riempì un altro gran bicchiere e lo porse allo zoppo, che lo guardò e respirò come soffocato.

— Bevi, dico! — gridò il mostro, — o per tutti i diavoli!....

Il nano esitava. Il re si fece rosso dalla rabbia. I cortigiani sorridevano crudelmente. Tripetta, pallida come un cadavere, s'avanzò fino al seggio del monarca e, inginocchiandoglisi davanti, lo supplicò di risparmiare il suo amico.

Il tiranno la guardò per alcuni istanti, evidentemente stupefatto da una tale audacia. Sembrava non sapesse che dire nè che fare, nè come esprimere in modo bastante la sua indignazione. Finalmente, senza pronunziare una sillaba, la respinse violentemente indietro, lanciandole in faccia tutto il contenuto del bicchiere pieno fino all'orlo.

La poverina si rialzò come meglio potè, non osando nemmeno sospirare, e riprese il suo posto appiè della tavola.

Ci fu per un mezzo minuto un silenzio di morte, durante il quale si sarebbe sentito cadere una foglia. Questo silenzio fu interrotto da un ringhio sordo, ma rauco e prolungato, che sembrò scaturire d'un tratto da tutti i lati della camera.

— Che cos'è? Perché fate questo rumore? — dimandò il re, volgendosi furioso verso il nano.

Questi sembrava essersi quasi rimesso dalla sua ebrietà. Guardando fisso, ma tranquillo, in faccia li tiranno, esclamo semplicemente:

— Io?! Io no davvero! Come potrei essere io?

— M'è parso che il suono sia venuto dal di fuori, — osservò uno dei cortigiani, forse è il pappagallo, alla finestra, che s'aguzza il becco ai ferri della gabbia.

— È vero, — disse il monarca, che parve soddisfatto da quest'idea; ma sul mio onore di cavaliere, avrei giurato che fosse questo miserabile che digrignasse i denti.

Dopo ciò, il nano si mise a ridere (il re era un burlone troppo deciso per trovare a ridire sul riso di chiunque), e mise a nudo una larga, potente, spaventosa fila di denti. Anzi, dichiarò ch'era pronto a bere quanto vino si voleva. Il monarca si calmò, ed HopFrog, dopo averne tracannato un altro bicchierone senza il minimo inconveniente, entrò subito e con calore nel tema della mascherata.

— Pagherei a sapere, — osservò tranquillissimo, come se non avesse mai bevuto vino, — come va quest'associazione d'idee. Giusto appena Vostra Maestà ebbe colpito la piccina e le ebbe gettato il vino sulla faccia, giusto appena Vostra Maestà ebbe fatto questo, e mentre che il pappagallo faceva quello strano rumore alla finestra, m'è tornato alla mente un divertimento stupendo, è un giuoco che si fa al mio paese e s'introduce spesso nelle mascherate; ma qui sarà nuovissimo.... Il guajo è che ci vuole una società d'otto persone e…

— Eh! noi siamo otto! — esclamò il re, ridendo della sua sottile scoperta; — giusto otto, – io e i miei sette ministri. Ebbene, qual è questo divertimento?

— Noi lo chiamiamo, — disse lo zoppo, — gli Otto OrangHutang Incatenati, e davvero è un giuoco proprio grazioso, quand'e ben fatto.

— Noi lo faremo, — disse il re, avanzando il petto e abbassando le palpebre.

— La bellezza del giuoco, — continuò HopFrog, — consiste nello spavento che mette alle signore.

— Benissimo! — ruggirono in coro il monarca e il suo ministero.

— Vi vestirò io da uranghutang, continuò il nano; per tutto questo fidatevi di me. La somiglianza sarà tale che tutte le maschere vi prenderanno per animali veri, – e, naturalmente, imaginate il loro stupore e il loro spavento!

— Ah, è stupendo! è magnifico — gridò il re. — HopFrog! Tu sei un grand'uomo!

— Le catene hanno lo scopo d'aumentare il disordine col loro frastuono. Vi crederanno scappati in massa da un serraglio. Può figurarsi Vostra Maestà che effetto produrranno in un ballo in maschera, otto oranghutang incatenati, – che quasi tutti gli astanti prendono per delle bestie vere, – precipitandosi con grida selvagge attraverso una folla d'uomini e di donne, tutte vestite eleganti, appuntate e sfarzose. È un contrasto magnifico.

È deciso!   disse il re; e la seduta si sciolse in fretta, – giacchè si facea tardi, – per mettere in esecuzione il piano d'HopFrog.

Gli ci volle poco, – e pel suo disegno era sufficientissimo, – a camuffar coloro. In quel tempo animali di quella specie se ne vedevano raramente nelle varie parti del mondo civile; e, siccome le imitazioni fatte dal nano erano sufficientemente bestiali e più che sufficientemente orribili, pensarono che ci si potea affidare alla rassomiglianza.

Il re e i suoi ministri, prima di tutto, furon ficcati in certe camicie e calzoni di maglia, molto aderente; poi tutti cosparsi di catrame. A questo punto dell'operazione qualcuno dei ministri suggerì di mettersi delle penne; ma il nano respinse subito quest'idea, e non gli fu punto difficile convincere gli otto personaggi, con una dimostrazione oculare, che il pelo d'un animale come l'oranghutang, era molto meglio rappresentato con del lino. E quindi se ne mise un folto strato sopra quello di catrame.

Ciò fatto, si prese una lunga catena. Fu passata prima intorno alla vita del re, e fu ribadita; poi attorno a un altro individuo della banda, e fu ribadita ugualmente, – e così via per tutti gli altri. Quando fu finito tutto questo lavoro della catena, allontanandosi l'un dall'altro quanto potevano, formarono un circolo, e, per completare la somiglianza, HopFrog fece passare il resto della catena attraverso il circolo, in due diametri, ad angoli retti come usano i cacciatori di Borneo, quando prendono dei scimpanzè od altre grosse bestie simili.

La gran sala dove si dovea tenere il ballo, era circolare, altissima, e riceveva la luce del sole da un'unica finestra nel soffitto. Alla notte (il tempo a cui questa sala era specialmente destinata) s'illuminava principalmente con una gran lumiera, sospesa con una catena al centro del soffitto e che si tirava su e s'abbassava per mezzo d'un contrappeso ordinario; ma questo, per non nuocere all'eleganza, passava fuor della cupola.

La sala era stata decorata sotto la sorveglianza di Tripetta; ma probabilmente, in qualche particolare, c'era intervenuto, con molto giudizio, il nano. Lui avea consigliato di togliere il lampadario per questa occasione. La cera, colando, com'era inevitabile in un'atmosfera così calda, avrebbe gravemente danneggiato i ricchi abbigliamenti degli invitati, che, colla sala affollata, non avrebbero potuto evitar tutti il centro, cioè la regione del lampadario.

Si collocarono dei nuovi candelabri nelle diverse parti della sala, fuor dello spazio occupato dalla folla; e una fiaccola, che mandava un grato profumo, fu collocata nella destra di quelle cinquanta o sessanta cariatidi, che ornavano torno torno il muro.

Gli otto oranghutang, prendendo consiglio da HopFrog aspettarono pazientemente, per far la loro entrata, che la sala fosse completamente piena di maschere, cioè fino a mezzanotte. Ma l'orologio aveva appena dato l'ultimo tocco, che precipitarono, o piuttosto si rovesciarono tutti in massa, – perchè, impacciati com'erano nelle loro catene, alcuni caddero, e tutti balzarono nell'entrare.

La sensazione fra le maschere fu prodigiosa e tale da riempir di contentezza il cuore del re. E infatti, furono moltissimi tra gli invitati che credettero quegli esseri di un aspetto così feroce esser proprio bestie vere. Molte donne svennero dallo spavento; e, se il re non avesse avuto la precauzione di proibire tutte le armi, lui e la sua banda avrebbero dovuto pagare col loro sangue quello scherzo. Insomma fu una corsa, una scappata generale verso le porte; ma il re avea dato l'ordine che si chiudessero subito dopo la sua entrata, e, secondo il consiglio del nano, le chiavi erano state rimesse nelle sue mani.

Intanto che il tumulto era proprio al colmo, e che ogni maschera non pensava che alla propria salvezza, – perchè, davvero, in quel panico, con quella folla, c'era un pericolo reale, – si sarebbe potuto vedere la catena che serviva a sospendere il lampadario, e che era stata ritirata anch'essa, discendere finchè la sua estremità, ricurva ad uncino, fosse arrivata a tre piedi dal suolo.

Pochi momenti dopo, il re e i suoi sette amici, dopo aver scorrazzato in tutte le direzioni attraverso la sala, si trovarono finalmente al centro e in contatto immediato colla catena. Mentre erano in quella situazione, il nano ch'era andato sempre dietro a loro, incitandoli a prender parte a quella commozione, afferrò la loro catena all'intersezione delle due parti diametrali.

Allora, colla rapidità del pensiero, vi infilò l'uncino che serviva per solito a sostenere il lampadario; e in un istante, ritirata come da un agente invisibile, la catena risalì abbastanza in alto per metter l'uncino fuori d'ogni portata e quindi inalzò gli oranghutang tutti insieme, gli uni contro gli altri, faccia a faccia.

Intanto le maschere s'erano andate rimettendo della loro paura; e, cominciando a prendere tutto ciò per uno scherzo abilmente preparato, mandarono una gran risata al vedere la posizione delle scimie.

— Tenetemeli forte! gridò allora HopFrog; e la sua voce acuta dominava il tumulto, tenetemeli forte, perchè io credo di conoscerli. Se li posso soltanto veder bene, io, ve lo dirò io chi sono.

Allora, adoprandosi colle mani e coi piedi, riuscì a raggiungere il muro; poi, strappando una fiaccola ad una cariatide, ritornò, com'era venuto, al centro della sala, – saltò come una scimia sulla testa del re, – e s'arrampicò per alcuni piedi su per la catena, abbassando la torcia per esaminare il gruppo degli oranghutang, e gridando sempre: — Lo scoprirò io chi sono.

E allora, mentre che tutti dell'assemblea – comprese le scimie, – si tenevano i fianchi dalle risa, il buffone mandò d'un tratto un fischio acuto; la catena risalì velocemente d'una trentina di piedi, – tirando seco gli oranghutang atterriti, che si dibattevano, e lasciandoli sospesi per aria fra il soffitto e il pavimento. HopFrog, attaccato alla catena, era risalito insieme, sempre mantenendo la sua posizione relativamente alle otto maschere, abbassando sempre su di esse la torcia, come se si sforzasse di vedere chi potevano essere.

Tutti gli astanti rimasero così stupefatti da questa ascensione, che ne seguì un silenzio profondo per circa un minuto. Ma fu interrotto da un rumore sordo, una specie di ringhio rauco, come quello che avea già attirato l'attenzione del re e dei suoi consiglieri, quando questi ebbe gettato il vino sulla faccia di Tripetta. Ma, questa volta, non c'era bisogno di cercare d'onde partisse il rumore. Usciva dai denti del nano che li digrignava orribilmente, come se li spezzasse nella schiuma della bocca, e cogli occhi scintillanti d'una rabbia da demente, fulminava il re ed i suoi sette compagni che aveano le facce rivolte a lui.

— Ah! ah! — disse finalmente il nano furibondo, — ah! ah! Ora comincio a vedere chi sono.

Allora, col pretesto d'esaminare il re da presso, avvicinò la fiaccola al lino che lo ricopriva, e che divenne d'un colpo una gran fiamma. In men d'un mezzo minuto gli otto oranghutang fiammeggiavano furiosamente, in mezzo alle grida d'una moltitudine che li contemplava dal basso, inorridita, e impotente a recar loro il minimo soccorso.

Finalmente le fiamme, sprizzando d'un tratto più violente, costrinsero il buffone ad arrampicarsi più su, sulla sua catena, fuor della loro portata, e, mentre compieva questa manovra, la folla ricadde, ancora un istante, nel silenzio. Il nano, cogliendo il momento, prese di nuovo la parola.

— Ora, — disse, — vedo distintamente di che specie son queste maschere. Vedo un gran re e i suoi sette consiglieri privati, un re che non si fa scrupolo di colpire una povera giovine indifesa, e i suoi sette consiglieri che lo incoraggiano nella sua atrocità. In quanto a me, io sono semplicemente HopFrog, il buffone; – e questa è la mia ultima buffonata!

Grazie all'estrema combustibilità della canapa e del catrame a cui era incollata, il nano avea appena finito il suo breve discorso, che la vendetta era compiuta. Gli otto cadaveri dondolavano appesi alle loro catene, – massa confusa, fetida, fulligginosa, orribile. Il zoppo lanciò su di essi la fiaccola, s'arrampicò agevolmente verso il soffitto, e là disparve.

Si suppone che Tripetta, in sentinella sul tetto della sala, abbia servito di complice al suo amico in questa vendetta incendiaria, e che poi sian fuggiti entrambi al loro paese, – perchè non furon visti mai più.

IL CUORE RIVELATORE

Si; è vero! – son nervosissimo, spaventevolmente nervoso – e lo sono stato sempre; ma perchè volete pretendere ch'io sia pazzo? La malattia m'ha aguzzato i sensi, ma non li ha distrutti, non li ha ottusi. Più di tutti gli altri, avevo finissimo il senso dell'udito. Ho sentito tutte le cose del cielo e della terra. Ne ho sentite molte dell'inferno. E dite che son pazzo? State attenti! E osservate con quale precisione, con quale calma vi posso raccontare tutta la storia.

Come l'idea m'entrasse dapprima nel cervello, m'è impossibile dirvelo; ma, una volta concepita, non mi lasciò più, nè giorno, nè notte. D'oggetto non ce n'era. La passione non c'entrava per nulla. L'amavo quel buon vecchio. Non m'aveva fatto mai del male. Non m'aveva mai insultato. Il suo denaro non lo desideravo. Credo che fosse il suo occhio! Certo, era quello! Uno dei suoi occhi assomigliava a quello d'un avoltojo – un occhio blu pallido, con sopra una macchia. Ogni volta che quell'occhio mi cadeva addosso, mi si gelava il sangue; e così, lentamente... a gradi... mi misi in testa di troncar la vita del vecchio, e con quel mezzo liberarmi per sempre dall'occhio.

Ed ecco il buono! – Voi mi credete pazzo. I pazzi non sanno nulla di nulla. Ma se mi aveste visto! Se aveste visto con che sapienza procedetti!... con che precauzione... con quale preveggenza... con quanta dissimulazione mi misi all'opera! Il vecchio non mi trovò mai tanto amabile quanto durante l'intera settimana che precedette l'assassinio. E ogni notte, verso mezzanotte, giravo la maniglia della sua porta, e l'aprivo... oh! tanto dolcemente! E allora, quando l'avevo abbastanza dischiusa per la mia testa, introducevo una lanterna cieca, chiusa, chiusa, ben chiusa, che non lasciava filtrare alcuna luce; poi passavo la testa. Oh! ma sareste rimasti, a vedere con che destrezza passavo la testa! La muovevo lentamente... lentissimamente, in modo da non turbare il sonno dei vecchio. M'abbisognava certamente un'ora per introdurre tutta la mia testa attraverso all'apertura, abbastanza avanti per vederlo coricato nel suo letto.

Ah! poteva darsi che un pazzo fosse così prudente? – E allora, quando la mia testa era ben dentro la camera, aprivo la lanterna con precauzione; oh! ma con che precauzione, con che precauzione! perchè la cerniera, strideva. E l'aprivo giusto quanto bastava perchè un filo impercettibile di luce andasse a cadere sull'occhio d'avoltojo. E questo l'ho fatto sette lunghe notti – ogni notte a mezzanotte precisa – ma trovai sempre l'occhio chiuso; e così mi fu impossibile mandare ad effetto il divisamento; perchè non l'avevo con quel povero vecchio, ma col suo cattivo occhio. E, ogni mattina, allo spuntar del giorno, entravo francamente in camera sua, gli parlavo coraggiosamente, chiamandolo a nome con un tono cordiale, e informandomi come aveva passata la notte. Mi pare, eh? che avrebbe dovuto essere un vecchio molto profondo se avesse pur sospettato che ogni notte, proprio a mezzanotte, l'esaminavo mentre dormiva.

L'ottava notte fui ancora più cauto nell'aprir la porta. La lancetta piccola d'un orologio si muove più presto di quel che non facesse la mia mano. Giammai, prima di quella notte, avevo sentito tutta la potenza delle mie facoltà, della mia sagacia. Potevo appena contenere la mie sensazioni di trionfo. Pensare che ero là, aprendo la porta, a poco a poco, e che lui non si sognava neppure le mie azioni e i miei pensieri segreti! A quell'idea mi lasciai sfuggire un piccolo riso; e forse mi sentì, perché si riscosse d'un tratto sul letto, come se si svegliasse. Scommetto che voi pensate che allora mi ritirassi, ma no, cari miei. La sua camera era nera come la pece, tanto eran fitte le tenebre – perchè le imposte erano accuratamente chiuse per paura dei ladri – e, sapendo che non poteva vedere quella piccola apertura della porta, continuai a girarla ancora, piano piano, a poco a poco.

Avevo passato la testa, ed ero al punto d'aprir la lanterna, quando il pollice mi scivolò sulla serratura di latta, ed il vecchio si rizzò sul letto, gridando:

— Chi è là?

Rimasi completamente immobile e non dissi niente. Per un'ora intera non mossi un muscolo, e, durante tutto quel tempo, non lo sentii ricoricarsi. Stava sempre a sedere, in ascolto, proprio come avevo fatto io per intiere notti.

Ma d'un tratto intesi un fievole gemito, e riconobbi ch'era il gemito d'un terrore mortale. Non era un gemito di dolore o d'affanno; oh! no, era il rumore sordo e soffocato che si leva dal fondo d'un'anima sopraffatta dallo spavento. Oh, io lo conoscevo bene quel rumore! Per molte notti, a mezzanotte precisa, mentre che tutti, tutti dormivano, era scaturito dal mio proprio seno, traversando colla sua eco spaventosa i terrori che mi travagliavano. Lo conoscevo bene, ripeto. Sapevo quel che provava il povero vecchio, ed avevo pietà di lui, quantunque avessi la gioja nel cuore. Sapevo ch'era rimasto sveglio fin dal primo piccolo rumore, quando s'era rivoltato nel letto. I suoi timori erano andati sempre crescendo. S'era sforzato di persuadersi ch'eran senza ragione; ma non aveva potuto. S'era detto a sè stesso:

— Non è altro che il vento nel camino; non è che un sorcio che traversa il soffitto. Oppure: È semplicemente un grillo che ha mandato il suo grido.

Sì, egli s'è sforzato di fortificarsi con quelle ipotesi; ma tutto è stato vano. Tutto vano, perchè la Morte che s'avvicinava era passata dinanzi a lui colla sua grande ombra nera, e così aveva avviluppata la sua vittima. Ed era l'influenza funebre dell'ombra inavvertita che gli faceva sentire, quantunque non vedesse e non udisse niente, che gli faceva sentire la presenza della mia testa nella camera.

Quand'ebbi aspettato un bel pezzo, pazientissimamente, senza sentirlo ricoricarsi, mi risolvetti a schiudere un po' la lanterna, ma così poco, quasi nulla. L'aprii dunque, cosi furtivamente, così furtivamente che non sapreste nemmeno imaginarlo, sintanto che un sol raggio pallido come un filo di ragno, si slanciò finalmente dall'apertura e venne a cadere sull'occhio d'avoltojo.

Era aperto, spalancato, ed io entrai in furore appena l'ebbi visto. Lo vidi nettamente, tutto d'un blu opaco e ricoperto d'un velo orribile che mi ghiacciava il midollo nelle ossa; ma non potevo vedere che quello della faccia e della persona del vecchio; perchè avevo diretto il raggio, come per istinto, precisamente sul luogo maledetto.

Ed ora, non v'ho già detto che quel che prendete per una pazzia, non è che una iperacutezza dei miei sensi? Ora, vi dirò, mi giunse agli orecchi un romore sordo, soffocato, frequente, simile a quello d'un orologio avvolto nel cotone. Quel suono lo riconobbi subito anche quello. Era il battito del cuore del vecchio. Ebbe virtù d'accrescere il mio furore, come il battere del tamburo porta all'esasperazione il coraggio del soldato.

Ma riuscii ancora a contenermi, e rimasi lì, senza muovermi. Badavo a mantenere il raggio dritto sull'occhio. Nello stesso tempo, la carica infernale del cuore batteva più forte; diventava sempre più precipitata e ad ogni istante sempre più forte. Il terrore del vecchio doveva essere estremo! Quel battito, dico, diventava sempre più forte di minuto in minuto. – Mi state attenti, eh? V'ho detto ch'ero nervoso; e infatti lo sono. E allora, nel pieno cuore della notte, tra il silenzio pauroso di quella vecchia casa, un sì strano rumore mi mise addosso un terrore indicibile, irresistibile. Potei contenermi e restar calmo ancora qualche minuto. Ma il battito diventava sempre più forte, sempre più forte. Doveva star per scoppiare quel cuore! Ed ecco che una nuova angoscia s'impadronì di me: il rumore poteva essere udito da qualche vicino! – L'ora del vecchio era venuta! Con un grand'urlo, aprii bruscamentee la lanterna e mi slanciai nella camera. Non mandò che un grido, uno solo. In un istante lo precipitai sul pavimento e gli rovesciai addosso tutto il peso formidabile del letto. Allora sorrisi di gioja, vedendo il mio affare così a buon punto. Ma, per alcuni minuti, il cuore batte con un suono velato, che però non mi diede alcuna angustia; non lo si poteva sentire attraverso al muro. Finalmente, dopo un po', decrebbe, si affievolì; si smorzò, si spense.

Il vecchio era morto. Rialzai il letto ed esaminai il corpo. Sì, era morto, morto, stecchito. Gli misi la mano sul cuore e ve la tenni per parecchi minuti. Nessuna pulsazione. Era morto stecchito. M'ero liberato per sempre dal suo occhio.

Se persistete sempre a credermi pazzo, questa credenza svanirà quando v'avrò descritto le sagge precauzioni che usai per nascondere il cadavere. La notte avanzava, ed io lavorai vivamente, ma in silenzio. Tagliai la testa, poi le braccia e poi le gambe.

Poi tolsi tre tavole dal pavimento della camera e depositai il tutto tra i regoli. Poi rimisi a posto le tavole, così abilmente, così destramente, che nessun occhio umano, neppure il suo, avrebbe potuto scoprirvi qualche cosa di sospetto. Non c'era niente da lavare, nemmeno una macchia, nemmeno una chiazza di sangue. Eh! ci avevo pensato. Una tinozza aveva assorbito tutto. Ah! ah!

Quand'ebbi finita tutta la bisogna – eran le quattro – era sempre scuro come a mezzanotte. Mentre che l'orologio suonava l'ora, fu picchiato alla porta di strada. Andai giù per aprire – poichè che cosa avevo da temere ora. Entrarono tre uomini, che si presentarono con molta urbanità, come ufficiali di polizia. Durante la notte un vicino aveva sentito un grido che aveva fatto nascere il sospetto di qualche guajo; era stata trasmessa una denunzia all'ufficio di polizia, e quei signori (gli ufficiali) erano stati mandati a visitare il luogo.

Sorrisi – perchè che cosa avevo da temere? Diedi il benvenuto a quei signori. – Il grido, dissi, l'avevo mandato io sognando. Il vecchio, aggiunsi, era in viaggio per la provincia.

Condussi i visitatori a girar tutta la casa. Finalmente li condussi in camera sua. Mostrai loro i suoi tesori, in perfetta sicurezza, tutti in ordine. Nell'entusiasmo della mia fiducia, portai delle sedie nella camera, e li pregai di riposarsi dalla loro fatica, mentre ch'io stesso, colla folle audacia d'un trionfo perfetto, collocai la mia propria sedia sul luogo stesso dov'era chiuso il corpo della vittima.

Gli ufficiali eran soddisfatti. I miei modi li avevan convinti. Mi sentivo proprio libero, a mio agio, senza imbarazzo. – Si misero a sedere e discorsero di cose familiari, alle quali risposi franco ed allegro. Ma, di lì a poco tempo, sentii che diventavo pallido, e desiderai che se n'andassero. Mi doleva la testa, e mi sembrava di sentirmi un tintinnio nelle orecchie; ma quelli restavan sempre seduti e chiacchieravan sempre. Il tintinnio divenne ancora più distinto; persistette e divenne ancora più distinto. Chiacchierai più abbondantemente per isbarazzarmi da quella sensazione; ma non mi lasciò, e prese un carattere del tutto deciso, tanto che alla fine m'accorsi che il rumore non era dentro le mie orecchie.

Senza dubbio allora divenni pallidissimo; ma io chiacchieravo ancora più lesto e più forte. Il rumore aumentava sempre – ed io che potevo fare? – Era un rumore sordo, soffocato, frequente, assai simile a quello che farebbe un orologio involto nel cotone. Respirai laboriosamente; gli ufficiali non sentivano ancora. Parlai più lesto; con più veemenza; ma il rumore cresceva, incessante. M'alzai, e disputai su delle piccolezze, in un diapason elevatissimo e con una violenta gesticolazione; ma il rumore cresceva, cresceva sempre. Perchè non se ne volevano andare? – Scorsi il tavolato qua e là, pesantemente, a gran passi, come esasperato dalle osservazioni dei miei contradittori. Ma il rumore cresceva regolarmente. Oh, Dio! che potevo fare? Schiumavo, balzavo, sacramentavo. Agitavo la mia sedia facendola scricchiolar sul pavimento. Ma il rumore dominava sempre, e cresceva indefinitamente. Diventava più forte, più forte! sempre più forte! E quegli uomini discorrevano sempre, scherzavano e sorridevano. Ma era mai possibile che non sentissero? Dio onnipotente! – No, no, sentivano! sospettavano! sapevano! si facevano un giuoco, un divertimento del mio terrore! Lo credetti e lo credo ancora. Ma tutto, tutto era più tollerabile di quella derisione! Non potevo sopportar di più quegli ipocriti sorrisi! Sentii che bisognava gridare o morire! – e ancora, e sempre, lo sentite? – ascoltate! più forte! – più forte! sempre più forte! sempre più forte!

— Miserabili! gridai, non fingete più! Confesso! strappate quelle tavole! è là, è là! è il battito del suo orribile cuore!

IL BARILE D'AMONTILLADO

Avevo sopportato del mio meglio le mille ingiustizie di Fortunato; ma quando poi arrivò all'insulto, giurai di vendicarmi.

Tuttavia, voi che ben conoscete la natura dell'anima mia, non supporrete, certo, ch'io gli abbia rivolta una sola minaccia. A lungo andare, dovevo esser vendicato; questo era definitivamente, irrevocabilmente fissato; – ma la stessa perfezione della mia risoluzione escludeva qualunque idea di pericolo. Dovevo non solamente punire, ma punire impunemente. Un'ingiuria non è riparata se il castigo arriva a punire il riparatore; e non è riparata nemmeno quando il vendicatore non ha cura di farsi conoscere dall'insultante.

Bisogna sapere che a Fortunato non detti alcuna ragione di dubitare della mia benevolenza, nè colle mie parole, nè colle mie azioni. Continuai, come al solito, a sorridergli in faccia, e lui non indovinava che ormai il mio sorriso non traduceva che il pensiero della sua condanna.

Aveva un lato debole, – quel Fortunato, – benchè fosse sott'ogni rispetto un uomo da rispettare, ed anche da temere. Si vantava d'essere un gran conoscitore di vini. Son pochi gli italiani veramente conoscitori; il loro entusiasmo il più delle volte è preso a prestito, accomodato al tempo e all'occasione; è una ciarlataneria per far bene coi milionarii inglesi e americani. In fatto di pitture e di pietre preziose, Fortunato, come i suoi compatrioti, era un ciarlatano; – ma, davvero, in materia di vecchi vini era sincero. Per questo riguardo non differivo troppo da lui; anch'io me n'intendevo molto di vini italiani, e ne facevo delle provviste considerevoli ogni qualvolta potevo.

Una sera, proprio nel colmo del carnevale, m'imbattei nel mio amico. Mi venne incontro con grand'espansione, perchè avea bevuto assai. Era mascherato, con un vestito stretto stretto, a due colori, e con un berretto in testa, conico e circondato di campanelletti. Ero così felice di vederlo che non avrei mai finito di stringergli la mano.

Gli dissi:

— Caro il mio Fortunato, v'ho incontrato proprio a proposito. – Che bella ciera che avete oggi! – Ma ho ricevuto un barile d'amontillado, o almeno d'un vino che m'è stato dato per tale, e m'è venuto qualche dubbio.

— Come! — disse lui, — dell'amontillado? un barile? Ma è impossibile! Nel carnevale!...

— Già; come dico, m'è venuto qualche dubbio; – e poi, sono stato così stupido da pagar tutto il prezzo dell'amontillado senza consultarvi. Ma che cosa volete? Ho fatto di tutto per trovarvi, ma non m'è riuscito, e temevo di perder un'occasione.

— Dell'amontillado!

— Ci ho dei dubbi.

— Dell'amontillado!

— E vorrei sincerarmene.

— Dell'amontillado!

— Se siete invitato in qualche luogo, anderò a trovar Lucchesi. Eh, lui ci ha un senso critico... Mi dirà...

— Lucchesi! Quello non è capace di distinguere l'amontillado dal xeres.

— E tuttavia ci son dei cretini che voglion dire che il suo gusto non la cede al vostro.

— Andiamo!

— Dove?

— Alle vostre cantine.

— Ma no, mio buon amico. Non voglio abusare, davvero, della vostra bontà. Lucchesi...

— Non sono invitato in nessun luogo, andiamo!

— No, amico mio. Non è per l'affar dell'invito; ma pel gran freddo che soffrirete, a quel che vedo; le cantine sono insoffribilmente umide; son tappezzate di nitro.

— Ma che freddo! Niente! Andiamo, andiamo. Dell'amontillado! Vi devono aver ingannato. – E quanto a Lucchesi, lui non è capace di distinguere il xeres dall'amontillado.

E così dicendo Fortunato mi prese a braccetto. Io mi misi una maschera di seta nera, e mi lasciai condurre da lui fino al mio palazzo.

Non c'era nemmeno un domestico in tutta la casa; erano andati a far baldoria anche loro, a far onore al carnevale. Avevo detto loro che non sarei ritornato prima del mattino, e avevo ordinato formalmente che non si muovessero da casa. Quest'ordine era più che sufficiente, n'ero sicuro, perchè se n'andassero, tutti, fin all'ultimo, appena avessi voltato le spalle.

Presi due fiaccole, ne diedi una a Fortunato, e lo diressi compiacentemente, traverso una lunga sfilata di stanze, fino al vestibolo che conduceva alle cantine. Io discesi dinanzi a lui una scala lunga e tortuosa, voltandomi di tratto in tratto, e raccomandandogli di star bene attento.

Finalmente toccammo gli ultimi gradini, e ci trovammo insieme sul suolo umido delle catacombe dei Montrésors.

Il mio amico camminava un po' barcollando e i campanelluzzi del suo berretto risuonavano ad ogni sua sbandata.

— E il barile d'amontillado? — disse.

— È più lontano, — risposi; ma osservate, ma guardatemi questa tappezzeria bianca che scintilla, sul muro.

Si voltò verso di me e mi guardò negli occhi con due globi vitrei che distillavano le lacrime dell'ebbrezza.

— Il nitro! — disse finalmente.

— Già, il nitro. — Ma è molto tempo che avete questa tosse!

— Eh! eh! eh'. – eh! eh! eh! – eh! eh! eh! – eh!

Fu impossibile al mio povero amico di rispondermi prima di qualche minuto.

— Non è niente — disse finalmente.

— Là, andiamo, — replicai con fermezza e con serietà, — andiamo, via; la vostra salute è preziosa. Siete ricco, rispettato, ammirato, amato; siete felice, come fui un tempo anch'io; siete un uomo che lascerebbe un vuoto; mentre io... Là, là, andiamo, chè potreste ammalarvi. E poi, c'è Lucchesi...

— Ma che, se non è niente, vi dico! Eh, un po' di tosse! Non sarà mica un male da morirne. State sicuro che non morirò d'un reuma.

— È vero, è vero; — replicai — davvero, non avevo l'intenzione di mettervi inutilmente in apprensione; – ma, ecco, dovreste avervi maggior cura, maggiori precauzioni... Prendete un po' di questo medoc; vi farà molto bene contro l'umidità.

Tolsi una bottiglia da una lunga fila di sue compagne che stavan lì, distese per terra, e ne spezzai il collo.

— Bevete, — gli dissi presentandogliela.

Lui ci s'attacco fissandomi colla coda dell'occhio. Fece una pausa, mi strinse assai familiarmente la mano (i campanelli tintinnarono), e disse:

— Bevo ai defunti che riposano intorno a noi!

— Ed io, alla vostra lunga vita.

Mi riprese a braccetto e tirammo avanti.

— Come son grandi queste grotte! — disse.

Ed io:

— I Montresors erano una gran famiglia, e numerosa.

— Non ricordo le vostre armi.

— Un gran piede d'oro in campo azzurro; il piede schiaccia un serpente che ficca i denti nel tallone.

— E il motto?

— Nemo me impune lacessit .

— Bellissimo! — disse lui.

Il vino gli scintillava negli occhi, e i campanelli tintinnavano. Il medoc mi avea riscaldato anche me. Eravamo arrivati, attraverso a muraglie d'ossi accatastati, intramezzate da barili e fusti di vino, alle ultime profondità delle catacombe. Mi fermai di nuovo, e questa volta osai di prendere Fortunato per un braccio, sotto il gomito.

— Ma guardate: il nitro aumenta. Guardate come pende dalle volte. Siamo sotto il letto del fiume. Le gocce di umidità filtrano attraverso le ossa. Là, via, andiamo, prima, che si faccia troppo tardi. La vostra tosse...

— Ma non è niente, — disse, — tiriamo avanti. Ma prima prima però, un altro po' di medoc.

Ruppi il collo a un fiasco di vin di Grave e glielo porsi. Lo bevve tutto d'un fiato. Gli occhi gli brillarono d'un fuoco ardente. Si mise a ridere e gettò il fiasco per aria con un gesto di cui non compresi il significato.

Lo guardai sorpreso.

Lui ripetè il movimento, – un movimento grottesco.

— Non capite? — disse.

— Io no.

— Allora non siete della loggia?

— Come?

— Non siete lavoratore.

— Ah! si! si! — diss'io.

— Voi lavoratore! È impossibile!

— Ma si, vi dico!

— Un segno.

— Eccolo, — replicai, e dalle pieghe del mio mantello trassi fuori una cazzuola.

— Volete scherzare, voi, — esclamò dando un passo addietro. — Ma vogliamo quest'amontillado.

— Allora, andiamo, — diss'io, rimettendomi quell'arnese sotto il pastrano, e offrendogli di nuovo il braccio, su cui s'appoggiò pesantemente.

Continuammo il nostro cammino in cerca dell'amontillado.

Passammo sotto una fila d'archi bassissimi; poi scendemmo; facemmo alcuni passi, e, scesi ancora, ci trovammo in una cripta profonda dove l'aria impura faceva arrossare piuttosto che brillare le nostre fiaccole.

In fondo in fondo a questa cripta se ne vedeva un'altra, meno vasta. Ne erano stati rivestiti i muri con resti umani, ammucchiati nelle grotte sopra noi, al modo delle grandi catacombe di Parigi.

Tre lati di questa seconda cripta erano ancora così decorati. Dal quarto le ossa erano state strappate e giacevano confusamente sul suolo, formando in un punto una barriera d'una certa altezza.

Nel muro, messo così a nudo per la rimozione delle ossa, si vedeva ancora un'altra nicchia, profonda circa quattro piedi, larga tre, alta sei o sette. Non pareva che fosse stata costrutta per un uso speciale, ma formava semplicemente l'intervallo fra due degli enormi pilastri che sorreggevano la volta delle catacombe e s'appoggiava ad uno dei grossi muri di granito massiccio.

Invano Fortunato alzò la sua torcia affievolita. Quella poca luce non ci permise di scorgere l'estremità della nicchia.

— Andate avanti, — diss'io, — è là l'amontillado. In quanto a Lucchesi...

— È un ignorante, interruppe il mio amico, precedendomi e andando a zigzag, mentre io lo seguivo da vicino. In un istante avea raggiunto l'estremità della nicchia, e trovandosi bruscamente fermato dalla roccia, si fermò stupidamente attonito. Un momento dopo l'ebbi incatenato al granito.

Sulla parete c'eran due anelli di ferro, alla distanza di circa due piedi un dall'altro, in linea orizzontale. Ad uno era sospesa una corta catena, all'altro un lucchetto. Dopo avergliela passata intorno alla vita, il fermar la catena al lucchetto fu l'affare d'un momento.

Era troppo istupidito per resistere. Levai la chiave e mi tirai indietro d'alcuni passi fuor della nicchia.

— Passate la mano sul muro, — diss'io; sentite quanto nitro? Ma è proprio umido, troppo umido! Via, lasciate che vi supplichi ancora una volta d'andarvene. – No? – Allora bisognerà che vi lasci. Ma prima vi renderò tutti quei piccoli servigi che posso.

— L'amontillado! — esclamò il mio amico non ancora del tutto rinvenuto dal suo sbalordimento.

— È vero, — diss'io, — l'amontillado.

E cosi dicendo mi misi intorno a quel gran mucchio d'ossa di cui ho parlato più sopra. Le buttai da una parte, e cosi ebbi presto scoperto una buona quantità di pietre e di calcina. Con quei materiali, e coll'aiuto della cazzuola cominciai attivamente a murare l'ingresso della nicchia.

Avevo appena terminato il primo strato della mia costruzione, che scopersi come l'ebbrezza di Fortunato si fosse in gran parte dissipata. Il primo indizio che ne ebbi fu un grido sordo, un gemito che uscì dal fondo della nicchia. Non era il grido d'un uomo ubbriaco! Poi ci fu un silenzio lungo, ostinato. Collocai il secondo strato, poi il terzo, poi il quarto; allora sentii le furiose vibrazioni della catena. Il rumore durò alcuni minuti, durante i quali, per potermene meglio dilettare, interruppi il mio lavoro e mi sedetti sulle ossa. Finalmente, quando il rumore si calmò, ripresi la mia cazzuola, e terminai, senza interruzione, la quinta, la sesta e la settima fila. Il muro allora era quasi all'altezza del mio petto.

Mi fermai un'altra volta, ed inalzando le fiaccole al disopra della costruzione, gettai alcuni deboli raggi sul rinchiuso.

Dall'ugola di quella persona incatenata fece repentinamente esplosione una serie di grand'urli, di grida acute, e mi ributtò, per così dire, violentemente indietro. Per un istante esitai, – tremai. Tirai fuori la mia spada e cominciai a trinciare furiosamente dentro la nicchia; ma un istante di riflessione bastò a tranquillarmi. Tastai la muratura massiccia della grotta, e l'esame mi rassicurò completamente. Allora mi riaccostai al muro e risposi agli urli del mio uomo. Feci loro eco ed accompagnamento, – li sorpassai in volume e in forza. Ecco come feci, e lo strillone si chetò.

Era la mezzanotte, allora, e il mio lavoro era presso al termine. Avevo completato un ottavo, un nono e un decimo strato. Già avevo terminato una parte dell'undicesimo ed ultimo; non restava che una sola pietra da metterci. La rimossi e l'alzai con isforzo; e la posi a un dipresso nella sua giusta posizione. Ma allora sfuggì dalla nicchia un riso soffocato che mi fece rizzare i capelli sulla testa. A quel riso successe una voce triste che difficilmente potei riconoscere per quella del nobile Fortunato. La voce diceva:

— Ha! ha! ha! – He! he! – Un bello scherzo, davvero! – grazioso! magnifico! Che risate che ne faremo al palazzo, – he! he! – del nostro buon vino! He! He! he!

— Dell'amontillado, — diss'io.

— He! he! – he! he! – già, – dell'amontillado. Ma non si fa tardi? Non ci aspetteranno al palazzo, la signora Fortunato e gli altri? Andiamocene.

— Sì, — dissi, — andiamocene.

— Per l'amor di Dio, Montrsors!

— Sì, — dissi, — per l'amor di Dio!

Ma a queste parole non ci fu risposta; invano tesi l'orecchio. M'impazientai. Chiamai forte:

— Fortunato!

Niente risposta. Di nuovo fortissimo:

— Fortunato!

Niente. – Passai una torcia attraverso all'apertura che rimaneva e la lasciai cadere la dentro. In risposta non ricevetti che un tintinnare di campanelli, sordo, lontano. Mi sentii un brivido al cuore, – senza dubbio a causa dell'umidità delle catacombe. M'affrettai a por fine al mio lavoro. Feci uno sforzo, e misi a posta l'ultima pietra; poi la ricoprii di calcina, Contro la nuova muratura rimisi l'antico strato d'ossa. Da un mezzo secolo nessuno le ha rimosse. In pace requiescat!

OMBRA

Voi che mi leggete siete ancora tra i viventi; ma io che scrivo, da molto, da molto tempo sarò partito per la regione delle ombre. Poichè, in verità, succederanno di ben strane cose, molti segreti saran rivelati, molti secoli passeranno prima che queste parole sian vedute dagli uomini. E quando le avranno vedute, gli uni non le crederanno, gli altri dubiteranno e ben pochi troveranno materia di meditazione nei caratteri che su queste tavolette vo tracciando con uno stilo di ferro.

L'anno era stato un anno di terrore, pieno di sentimenti più intensi del terrore, pei quali non c'è un nome sulla terra. Poichè c'erano stati molti prodigi e molti segni, e da tutte le parti, sulla terra e sul mare; le negre ali della Peste s'eran largamente spiegate. Ma quelli ch'eran sapienti nelle stelle non ignoravano che i cieli aveano un aspetto di sventura; e per me, tra gli altri, il greco Oinos, era evidente che stavamo al ricorso di quel settecentonovantaquattresimo anno, in cui, all'entrata in Ariete, il pianeta Giove si trova in congiunzione col rosso anello del terribile Saturno. Lo spirito particolare dei cieli, se non m'inganno di molto, manifestava la sua potenza non soltanto sul globo fisico della terra, ma ben anche sulle anime, sui pensieri, sulle meditazioni dell'umanità.

Una notte, eravamo in sette, in fondo a un nobile palazzo in una triste città chiamata Tolemaide, seduti intorno ad alcune anfore d'un vino rosso di Chio. E la nostra camera non aveva altra entrata che un'alta porta di bronzo; e la porta era stata lavorata dall'artista Corinno, ed era d'una rara perfezione, e si chiudeva per di dentro. Del pari, dei panneggiamenti neri, proteggendo questa camera melanconica, ci risparmiavano l'aspetto della luna, delle stelle lugubri e delle vie spopolate: – ma il presentimento e il ricordo del flagello non s'erano potuti così facilmente escludere. C'erano, intorno, presso a noi, delle cose di cui non posso render completamente ragione, – delle cose materiali e spirituali, – una pesantezza nell'atmosfera, – una sensazione di soffocamento, d'angoscia, – e, sopratutto quel terribile modo d'esistenza che subiscono le persone nervose, quando i sensi son crudelmente viventi e svegli, e le facoltà dello spirito assopite, intristite. Un peso mortale ci schiacciava. Si stendeva sulle nostre membra, sul mobilio della sala, – sulle coppe in cui si beveva; e tutte le cose parevano oppresse; prostrate in quell'abbattimento, – tutto, eccetto le fiamme delle sette lampade di ferro che rischiaravano la nostra orgia. Allungandosi in minuti filamenti di luce, rimanevano tutte così, e bruciavano pallide e immobili; e nella rotonda tavola d'ebano, attorno a cui sedevamo, e che il loro chiarore trasformava in specchio, ogni convitato contemplava il pallore della sua propria faccia e il lampo inquieto degli occhi tristi dei suoi compagni. Nondimeno si mandavan delle risate, ed eravamo allegri a nostro modo, – un modo isterico; e si cantavano le canzoni d'Anacreonte, – che non son che follia; e si beveva, si beveva molto, quantunque la porpora del vino ci rammentasse la porpora del sangue.

Perchè c'era nella camera un ottavo personaggio, il giovane Zoilo.

Morto, lungo disteso e seppellito, egli era là il genio e il demone della scena. Ahimè! Non aveva parte, lui, al nostro divertimento; salvochè la sua faccia, sconvolta dal male, e gli occhi, dove la morte non avea spento che a mezzo il fuoco della peste, sembravan prendere tanto interesse alla nostra gioja quanto posson prenderne i morti alla gioia di quelli che devon morire. Ma, benchè io, Oinos, mi sentissi addosso, fissi su me, gli occhi del defunto, nondimeno mi sforzai di non comprender l'amarezza della loro espressione, e, figgendo ostinatamente lo sguardo nelle profondità dello specchio d'ebano, cantai con voce alta e sonora le canzoni del poeta di Teo. Ma grado a grado il mio canto cessò, e gli echi, correndo lontano fra le nere drapperie della camera, divennero fievoli, indistinti, e svanirono. Ed ecco che dal fondo di quelle drapperie nere ove andava a morire il suono della canzone, s'aderse un'ombra, fosca, indefinita, – un'ombra simile a quella d'un corpo d'un uomo, quando la luna è bassa nel cielo; ma non era l'ombra nè d'un uomo, nè d'un Dio, nè d'alcun altro essere comune. E quasi rabbrividendo, oscillando per un istante fra le drapperie, rimase infine visibile e dritta, sulla superficie della porta di bronzo. Ma l'ombra era vaga, senza forma, indefinita; non era l'ombra nè d'un uomo nè d'un Dio, – nè d'un Dio di Grecia, nè d'un Dio di Caldea, nè d'alcun altro Dio egiziano. E l'ombra riposava sulla gran porta di bronzo e sulla cornice scolpita, e non si muoveva, e non pronunciava una parola: ma si fissava sempre più, e restò immobile. E la porta sulla quale l'ombra riposava era, se ben mi ricordo, proprio di contro ai piedi del morto Zoilo. Ma noi, i sette compagni, avendo veduto l'ombra, mentre usciva dalle drapperie, non osavamo contemplarla fissamente; ma abbassavamo gli occhi, figgendoli sempre nelle profondità dello specchio d'ebano. E, finalmente, io, Oinos, ardii pronunziare alcune parole a bassa voce, e domandai all'ombra il suo nome e la sua dimora. E l'ombra rispose:

— Io sono OMBRA, e la mia dimora è vicina alle catacombe di Tolemaide, e presso quelle cupe lande infernali, dove scorrono le acque impure di Caronte!

E allora, tutti e sette, ci rizzammo inorriditi sui nostri seggi, e restammo così, tremanti, terrorizzati, convulsi; perchè il timbro della voce dell'ombra non era quello d'un solo individuo, ma d'una moltitudine d'esseri; e quella voce, variando le sue inflessioni di sillaba in sillaba, veniva a caderci confusamente negli orecchi, imitando gli accenti noti e familiari di mille e mille amici scomparsi!

IL POZZO ED IL PENDOLO

Impia tortorum longos hic turba furores

Sanguinis innocui non satiata, aluit.

Sospite nunc patria, fracto nunc funeris antro.

Mors ubi dira fuit, vita salusque patent.

(Quartina composta per le porte d'un mercato che dovea inalzarsi la dove fu il club dei Giacobini, a Parigi.)

Ero sfinito, affranto, stremato da quella lunga agonia, e quando finalmente mi slegarono, e mi fu permesso di sedermi, sentii che i sensi m'abbandonavano. La sentenza, – la terribile sentenza di morte, – fu l'ultima frase distintamente accentuata che venne a cadermi negli orecchi. Dopo di che, il suono delle voci degli inquisitori mi parve come s'annegasse nel frastuono infinito d'un sogno. Quel rumore mi portava nell'anima l'idea d'una rotazione, – forse perchè nella mia imaginazione l'associavo con una ruota da mulino.

Ma ciò non durò che pochissimo tempo; perchè d'un tratto non intesi più niente.

Tuttavia, per qualche tempo ancora, vidi; ma con qual terribile esagerazione!

Vedevo le labbra dei giudici tutti vestiti di nero. Ed esse m'apparivano bianche, – più bianche del foglio su cui sto scrivendo queste parole, – e sottili, sottili fino al grottesco; assottigliate dall'intensità della loro espressione di durezza, di risoluzione irremovibile, d'implacabile disprezzo del dolore umano. Vedevo che i decreti di quello che per me rappresentava il Destino uscivano ancora da quelle labbra. Le vidi torcersi in una frase di morte. Le vidi figurare le sillabe del mio nome; e fremetti, sentendo che il suono non seguiva il movimento. Vidi anche, per alcuni istanti d'orrore delirante, la molle e quasi impercettibile ondulazione dei drappi neri che tappezzavano la sala. E allora la mia visuale cadde sui sette grandi candelabri posati sulla tavola. Dapprima presero l'aspetto della Carità, e m'apparvero come angeli bianchi, pronti a salvarmi; ma allora, e tutto ad un tratto, m'invase l'anima una nausea mortale, e sentii fremere ogni fibra del mio essere come avessi toccato il filo d'una pila di Volta, e le forme angeliche divenivano spettri insignificanti, colle teste di fiamma, e vedevo bene che da essi non avevo a sperare alcun soccorso. E allora s'insinuò nella mia mente; come una ricca nota musicale, l'idea del riposo delizioso che ci attende nella tomba.

L'idea venne dolcemente e furtivamente, e mi parve che mi ci volesse molto tempo per averne un apprezzamento completo; ma nello stesso momento in cui il mio spirito cominciava a comprender bene ed accarezzare quest'idea, le figure dei giudici svanirono come per incanto; i grandi candelabri disparvero; le loro fiamme si spensero completamente; sopravenne il buio delle tenebre; tutte le sensazioni parvero precipitare, inghiottirsi come in un tuffo pazzo e rovinoso dell'anima dell'Orco. E l'universo non fu più che notte, silenzio, immobilità.

Ero svenuto ma tuttavia non dirò che avessi perso ogni coscienza. Quel che me ne restava non tenterò di definirlo e neppure di descriverlo; ma, infine, tutto non era perduto. Nel sonno più profondo, – no! Nel delirio, – no! Nello svenimento, – no! Nella morte, – no! Ed anche nella tomba non è tutto perduto. Altrimenti non ci sarebbe immortalità per l'uomo. Risvegliandoci dal sonno più profondo, noi laceriamo la tela di ragno di qualche sogno. E tuttavia, un secondo dopo, – tanto forse era fragile quella tela, – non ci ricordiamo d'aver sognato.

Nel ritorno dallo svenimento alla vita, ci son due gradi: il primo è il sentimento dell'esistenza morale o spirituale; il secondo quello dell'esistenza fisica. Par probabile che se, arrivando al secondo grado, potessimo evocare le impressioni del primo, ci ritroveremmo tutti gli eloquenti ricordi dell'abisso transmondano. E quell'abisso, che cos'è? Come, almeno, potremmo distinguere le sue ombre da quelle della tomba? Ma se le impressioni di quello che ho chiamato primo grado non rispondono all'appello della volontà, tuttavia, dopo un lungo intervallo, non appaiono esse senz'essere invitate, intanto che ci meravigliamo pensando di dove possano essere scaturite? Chi non è mai svenuto non iscoprirà strani palazzi e visi bizzarramente familiari nelle braci ardenti; non contemplerà, librantisi nell'aria, le melanconiche visioni che il volgo non può avvertire; non mediterà sul profumo di qualche fiore sconosciuto; non sentirà il suo cervello perdersi nel mistero di qualche melodia, che fin allora non avea mai attirata la sua attenzione.

In mezzo ai miei sforzi ripetuti, ed intensi, alla mia energica applicazione a raccoglier qualche vestigio di quello stato d'annichilamento apparente in cui era caduta l'anima mia, ci furono dei momenti in cui sognavo di riuscirci; ci furono dei brevi istanti, brevissimi, in cui ho richiamato dei ricordi che la mia ragione lucida, in epoche posteriori, m'ha affermato non potersi riferire che a quello stato in cui la coscienza pare annientata. Queste ombre, queste larve di ricordi mi presentano, distintissimamente, delle grandi figure che mi prendevano, e silenziosamente mi trasportavano in basso, – in basso, sempre, sempre, continuamente in basso, – finchè una orribile vertigine m'oppresse alla semplice idea dell'infinito nella discesa. Mi ricordano anche non so qual vago orrore che mi sentivo nel cuore, appunto in ragione della calma che ci avevo alla superficie.

Vien poi il sentimento d'un'immobilità repentina in tutti gli esseri d'attorno; come se quelli che mi portavano, – un corteggio di spettri! – avessero sorpassato nella discesa i limiti dell'illimitato e si fossero fermati, vinti dalla noja infinita della loro bisogna. Di poi l'anima mia ritrova una sensazione di pesantezza e d'umidità; e poi non c'è più altro che follia, – la follia d'una mente che s'agita nell'abominevole.

D'un colpo, improvvisamente, mi ritornaron nell'anima e suono e movimento, – il movimento tumultuoso del cuore, e negli orecchi il rumore dei suoi battiti. Poi una pausa in cui tutto scompare. Poi, di nuovo, il suono, il movimento e il tatto, – come una sensazione vibrante che mi penetrasse tutto. Poi la semplice conoscenza della mia esistenza, senza pensiero, situazione che durò a lungo. Di poi, d'un colpo, il pensiero, e un terrore fremente, e uno sforzo ardente per comprendere il mio vero stato. Poi un vivo desiderio di ricadere nell'insensibilità. Poi brusco risorgimento dell'anima e tentativo riuscito di movimento. E allora, il ricordo completo del processo, dei drappi neri, della sentenza, della mia debolezza, del mio svenimento. Quanto a tutto quel che seguì, l'oblio più completo; solo più tardi e colla più energica applicazione sono arrivato a ricordarmelo vagamente.

Fin allora non avevo aperto gli occhi: sentivo, ch'ero coricato sul dorso e senza legami. Distesi la mano e andò a cadere pesantemente su qualcosa d'umido e duro. La lasciai così a riposare per alcuni minuti, studiando d'indovinare dove potevo essere, e quel che ero divenuto. Ero impaziente di servirmi degli occhi, ma non osavo. Avevo paura del primo colpo d'occhio sugli oggetti circostanti. Non è che temessi di guardare cose orribili, ma ero spaventato all'idea di non veder nulla. Finalmente con una folle angoscia nel cuore, aprii gli occhi vivamente. Il mio terribile pensiero veniva dunque a confermarsi. Il bujo della notte eterea m'avviluppava. Feci uno sforzo per respirare. Mi pareva che l'intensità delle tenebre mi opprimesse e mi soffocasse. L'atmosfera era insoffribilmente pesante. Pure rimasi tranquillamente coricato e feci uno sforzo per esercitar la mia ragione. Richiamai alla memoria gli usi dell'Inquisizione, e, con quel punto di partenza, m'applicai a dedurne la mia posizione reale.

La sentenza era stata pronunciata, e mi pareva che da allora fosse passato molto tempo. Tuttavia non pensai neppur per un istante d'esser morto. Una tale idea, malgrado tutte le finzioni letterarie, è affatto incompatibile coll'esistenza reale; – ma dov'ero? e in quale stato? I condannati a morte, questo lo sapevo, morivano ordinariamente negli autodafe. Una simile solennità era stata celebrata la sera stessa del giorno in cui fui giudicato. Forse mi avean rimesso nella mia segreta per attendervi il prossimo sacrificio che non dovea aver luogo che tra qualche mese? Capii subito che questo non poteva essere. Il contingente delle vittime era stato messo immediatamente in requisizione; di più, la mia prima segreta, come tutte le celle dei condannati a Toledo, era lastricata di pietre, e la luce non n'era esclusa del tutto.

D'un tratto un'idea terribile mi fece affluire tutto il sangue al cuore, e, per alcuni istanti, ricaddi di nuovo nella mia insensibilità. Rinvenuto, saltai di colpo in piedi, tendendo convulsivamente le braccia al disopra e intorno a me, in tutti i sensi. Non sentivo niente; e tuttavia tremavo all'idea di fare un passo, avevo paura di urtare contro i muri della mia tomba. Il sudore m'usciva da tutti i pori e mi s'adunava in grosse gocce sulla fronte. L'agonia dell'incertezza mi divenne sempre più intollerabile, e m'avanzai con precauzione, stendendo le braccia e dardeggiando gli occhi fuor delle orbite, nella speranza di sorprendere qualche fioco raggio di luce. Feci parecchi passi; ma tutto era nero e vuoto. Respirai giù liberamente. Infine mi parve evidente che la più orribile di tutte le morti era quella che m'avean riservata.

E allora, mentre continuavo ad avanzarmi con precauzione, mille voci vaghe che correvano su quegli orrori di Toledo vennero ad affollarmisi nella mente. Si raccontavano su quelle segrete delle cose strane, – ch'io avea sempre tenuto per favole, ma tuttavia sì strane e sì terribili che non si potevan ripetere che a bassa voce. Dovevo io morir di fame in quel mondo sotterraneo di tenebre, – o qual altro destino, ancor più terribile forse, m'attendeva? Che il risultato fosse la morte, e una morte d'un'amarezza squisita, conoscevo troppo bene il carattere dei miei giudici per dubitarne; il modo l'ora eran tutto quello che m'occupava e mi tormentava.

Le mie mani prostese incontrarono finalmente un ostacolo solido. Era un muro che sembrava costruito in pietre – liscissimo, umido e freddo. Andai lungo quello coll'accurata diffidenza che m'aveano inspirata certe storie antiche. Quell'operazione, tuttavia, non mi dava alcun mezzo di verificare la dimensione del mio carcere; perchè potevo fare il giro e ritornare al punto di partenza senza accorgemene, tanto il muro sembrava perfettamente uniforme.

Allora cercai il coltello che avevo in tasca quando mi condussero al tribunale; ma era scomparso, e con esso i miei vestiti, sostituiti da un abito di saja grossolana. Avevo avuto l'idea di ficcar la lama in qualche screpolatura del muro, affine di constatar bene il mio punto di partenza.

La difficoltà, tuttavia, era ben volgare; ma dapprima, nel disordine della mia mente, mi parve insormontabile. Stracciai una parte dell'orlo del mio vestito e misi quel pezzo per terra in tutta la sua lunghezza e ad angolo retto col muro. E, continuando il mio cammino a tastoni intorno alla segreta, non potevo mancare di ritrovare quello straccio al termine del circuito. Così almeno credevo; ma non avevo tenuto conto della vastità dell'ambiente e della mia debolezza. Il terreno era umido e scivoloso. Andai barcollando per un po' di tempo, poi persi l'equilibrio, e caddi. L'estrema stanchezza mi decise a rimanere così coricato, e il sonno mi sorprese bentosto in quella stato.

Quando, risvegliandomi, distesi un braccio, mi trovai accanto un pane e una brocca d'acqua. Ero troppo sfinito per riflettere su questa circostanza, ma bevetti e mangiai avidamente. Di lì a poco ripresi il mio viaggio intorno alla prigione, e non senza molta fatica raggiunsi il pezzo di stoffa. Al momento in cui caddi avevo già contato 52 passi, e, riprendendo il cammino, ne contai ancora 48, quando rincontrai lo straccio. Eran dunque, in tutto, cento passi; e, supponendo che due passi facessero una yarda, stimai che la segreta avesse cinquanta yarde di circuito. Tuttavia avevo incontrato parecchi angoli nel muro, e quindi non avevo modo ancora di congetturare le forme del sotterraneo; perchè non potevo far a meno di supporre che fosse un sotterraneo.

Ci mettevo poi un grand'interesse in queste ricerche, di certo nessuna speranza; ma una vaga curiosità mi spinse a continuarle. Lasciando il muro, risolvetti di traversare la superficie circoscritta. Dapprima, avanzai con una precauzione estrema; perchè il suolo, quantunque paresse fatto d'una materia dura, era traditore, e scivoloso. Ma poi mi feci coraggio, e mi misi a camminar franco, badando specialmente ad andar più diritto che potevo. Avevo fatto così circa dieci o dodici passi quando il resto dell'orlo stracciato del mio vestito mi s'attortigliò alle gambe. Ci camminai sopra e caddi violentemente in avanti.

Nel disordine della caduta non notai subito una circostanza non poco sorprendente, che tuttavia, alcuni secondi dopo, e mentre ero ancora disteso, fissò la mia attenzione. Ecco: il mio mento posava sul suolo della prigione, ma le labbra e la parte superiore della testa, quantunque paressero situate ad una minore elevazione del mento, non toccavan terra. Allo stesso tempo mi parve che la fronte mi si bagnasse d'un vapore vischioso e che venisse a ferirmi le narici un odore particolare di vecchi funghi. Distesi il braccio, e fremetti allo scoprire ch'ero caduto proprio sull'orlo d'un pozzo circolare, di cui, pel momento, non avevo alcun mezzo per misurare la vastità. Tastando la muratura, proprio sul margine, riuscii a smuovere un piccolo frammento, e lo lasciai cader nell'abisso. Per alcuni istanti tesi l'orecchio ai suoi rimbalzi; batteva nella sua caduta alle pareti del baratro; alla fine, si sentì un lugubre tuffo nell'acqua, seguito da lunghi echi. Nel medesimo istante si sentì un rumore al disopra della mia testa, come d'una porta, che si chiudesse subito appena aperta, mentre che un fioco raggio di luce traversava repentinamente l'oscurità e si spegneva quasi nello stesso tempo.

Vidi chiaramente il destino che m'avean preparato e mi felicitai dell'accidente opportuno a cui dovevo la salvezza. Ancora un passo, e il mondo non m'avrebbe più rivisto. E quella morte così a tempo evitata avea quello stesso carattere che già avea riguardato come favoloso ed assurdo nei racconti che si facevano sull'Inquisizione. Le vittime della sua tirannide non avevano altra alternativa che la morte colle sue più crudeli agonie fisiche, o la morte colle sue più abominevoli torture morali. Io ero stato riservato per quest'ultima. I miei nervi erano così sovreccitati dalla lunga sofferenza che tremavo, al suono stesso della mia voce ed ero divenuto sotto ogni rispetto un soggetto eccellente per la specie di tortura che m'attendeva.

Tremando in tutti i membri, ritornai indietro a tastoni verso il muro, risoluto a lasciarmici morire piuttosto che affrontare l'orrore dei pozzi che ora la mia imaginazione moltiplicava nelle tenebre della segreta. In un'altra situazione di spirito, avrei avuto il coraggio di farla finita colle mie angoscia, d'un sol colpo, con un salto in uno di quegli abissi; ma in quel momento, in quella condizione, ero il più perfetto dei vigliacchi. E poi m'era impossibile dimenticare quanto avevo letto a proposito di quei pozzi, che l'estinzione repentina della vita era una possibilità accuratamente esclusa dal genio infernale che ne avea concepito il piano.

L'agitazione del mio spirito mi tenne sveglio per lunghe e lunghe ore; ma alla fine m'assopii di nuovo. Risvegliandomi, mi trovai accanto, come la prima volta, un pane e una brocca d'acqua. Una sete ardente mi consumava, e vuotai la brocca tutta d'un fiato. Bisogna dire che quell'acqua fosse stata narcotizzata, perchè l'ebbi appena bevuta che ricaddi in un profondo assopimento, irresistibile. S'impadronì di me un sonno intenso, un sonno simile a quello della morte. Quanto durò? Chi sa? Ma, quando riaprii gli occhi, gli oggetti intorno a me eran visibili. Grazie a un chiarore singolare, solforoso di cui non potei dapprima scoprire l'origine, potevo vedere l'ampiezza e l'aspetto della prigione.

M'ero sbagliato assai sulla sua dimensione. I muri non potevano avere più di 25 yarde di circuito. Per alcuni minuti quella scoperta mi causò un immenso turbamento; turbamento ben puerile, in verità, perchè, in mezzo alle circostanze terribili che avea d'attorno, che ci poteva essere di meno importante delle dimensioni del mio carcere? Ma la mia mente metteva un interesse bizzarro in certe futilità, ed io mi diedi tutto a studiare per rendermi conto dell'errore che avea commesso nelle mie misure. Alla fine, la verità mi apparve come un lampo. Nel mio primo tentativo d'esplorazione avevo contato 52 passi, fino al momento in cui caddi; allora dovevo essere a un passo o due dal pezzo di saja; cioè avevo quasi compiuto il circuito della segreta. Allora mi addormentai, e, quando mi svegliai, bisogna dire che ritornai sui passi fatti, creando così un circuito quasi doppio del reale. La confusione del mio cervello non m'avea lasciato notare che avevo cominciato il giro col muro alla mia sinistra, e che lo terminavo col muro a destra.

E m'ero sbagliato anche relativamente alla forma delle pareti. Nel tastare avevo trovato molti angoli, e ne avevo dedotta l'idea d'una grande irregolarità; tanto è potente l'effetto d'una totale oscurità su uno ch'esca da una letargia o da un sonno! Quegli angoli eran semplicemente prodotti da alcune leggiere depressioni o rientranze ad intervalli ineguali.

La forma generale della prigione era un quadrato. Quel che avevo preso per muratura ora sembrava di ferro od altro metallo, in placche enormi, le cui suture o giuntare venivano a dare quelle depressioni. L'intiera superficie di quella costruzione metallica era grossolanamente impiastricciata con tutti gli emblemi orribili e ripulsivi a cui ha dato origine la superstizione sepolcrale dei monaci. Delle figure di demoni, con aria di minaccia, con forme di scheletri, ed altre imagini d'un orrore più reale bruttavano i muri in tutta la loro superficie. Osservai che i contorni di quelle mostruosità erano abbastanza distinti, ma che i colori erano sbiaditi e alterati, come per l'effetto d'un'atmosfera umida. Esaminai allora il suolo, ch'era in pietra. Al centro il pozzo circolare apriva la sua gola spaventosa a cui ero sfuggito; ma non ce n'era che uno solo nella segreta.

Vidi tutto ciò indistintamente e non senza sforzo, perchè la mia situazione fisica s'era singolarmente mutata durante il mio sonno. Ora mi trovavo coricato, lungo disteso sul dorso, su una specie d'intavolato di legno, bassissimo. Mi ci avevano solidamente attaccato con una lunga striscia che assomigliava a una cinghia. Mi s'arrotolava a più riprese intorno ai membri e al corpo, non lasciando libertà che alla testa e al braccio sinistro; e ancora mi conveniva fare uno sforzo penosissimo per procurarmi il nutrimento contenuto in un piatto di terra posto accanto a me sul suolo. M'accorsi con terrore che la brocca l'avevan levata. Dico con terrore, perchè mi divorava una sete insoffribile. Mi parve ch'entrasse nel piano dei miei carnefici d'esasperarla quella sete, perchè nelle vivande del piatto avean messo una quantità orribile di droghe.

Alzai gli occhi ed esaminai il soffitto della mia prigione. Era alto trenta o quaranta piedi e, per la sua costruzione, rassomigliava molto ai muri laterali. In uno dei suoi dipinti una figura singolarissima trattenne la mia attenzione. Era la figura dipinta del Tempo, come vien rappresentato per solito, salvochè, in luogo di una falce teneva un oggetto che al primo colpo d'occhio presi per l'imagine dipinta d'un enorme pendolo, come se ne vedono negli orologi antichi. C'era nondimeno qualche cosa nell'aspetto di quella macchina che me la fece osservare con più attenzione. Intanto che la stavo a osservare, cogli occhi all'aria, – perchè era posta proprio sopra me, – credetti di vederla muoversi. Un istante dopo, la mia idea era confermata. La sua oscillazione era corta e, naturalmente, lentissima. La spiai per alcuni minuti, non senza una certa diffidenza, ma sopratutto con stupore. Dopo un certo tempo, stanco di seguirne il movimento fastidioso, rivolsi lo sguardo ad altri oggetti della cella.

Un leggiero rumore attirò la mia attenzione, e, guardando sul pavimento, vidi alcuni sorci enormi che l'attraversavano. Erano usciti dal pozzo che potevo vedere alla mia dritta. Nello stesso momento, mentre li stavo guardando, salirono a frotte, velocissimi, con occhi voraci, ingolositi dall'odore della carne. Mi ci voleva non poca attenzione e sforzi per tenermeli distanti.

Poteva esser passata una mezz'ora, fors'anche un'ora, – perchè non potevo misurare il tempo che assai imperfettamente, – quando levai di nuovo gli occhi sopra di me.

Quel che vidi allora mi fece rimaner confuso e stupito. Il percorso del pendolo s'era accresciuto di quasi una yarda: e, in conseguenza, la sua velocità era molto più grande. Ma quel che mi turbò sopratutto fa l'idea ch'era visibilmente disceso. Allora osservai, con qual terrore è inutile dirlo, – che la sua estremità inferiore era formata da una lama, una falce d'acciajo lucente, della lunghezza di circa un pollice da un corno all'altro; le punte rivolte in su, e il taglio inferiore evidentemente affilato come un rasojo. E come un rasoio appariva pesante e massiccio, allargandosi, a partire dal filo, in una forma larga e solida. Era assicurato a una grossa verga di rame, e il tutto fischiava oscillando attraverso lo spazio.

Ora non potevo più dubitare della sorte preparatami dall'atroce ingegnosità monacale. Gli agenti dell'Inquisizione aveano indovinata la mia scoperta del pozzo, – il pozzo i cui orrori erano stati riservati ad un così temerario eretico come me, – il pozzo, figura dell'inferno, e considerato dall'opinione come l'ultima Thule di tutti i loro castighi! Avevo evitato il salto fatale pel più fortuito dei casi, e sapevo che l'arte di far del supplizio un agguato e una sorpresa formava un ramo importante di tutto quel fantastico sistema d'esecuzioni segrete. Ora, mancata la mia caduta nell'abisso, nel piano demoniaco non c'entrava di farmici precipitare; ero destinato dunque, – e questa volta senza alternativa possibile, – ad una distruzione differente e più dolce. – Più dolce! Ho quasi sorriso nella mia agonia pensando alla singolare applicazione che facevo d'una tal parola.

Che vale ch'io vi racconti le lunghe, lunghe ore più che mortali, durante le quali contai le oscillazioni vibranti dell'acciaio? A pollice a pollice, a linea a linea, operava una discesa graduale ed apprezzabile soltanto ad intervalli che mi parevan secoli, e discendeva sempre, – sempre più giù, – sempre più giù! Passaron dei giorni, – può esser che sian passati dei giorni, – prima che venisse ad oscillare abbastanza vicino a me per sventolarmi col suo soffio acre. L'odore dell'acciajo affilato mi penetrava nelle nari. Pregai il cielo, – lo stancai colla mia preghiera, – di far discendere l'acciajo più rapidamente. Divenni pazzo, frenetico, e mi sforzai di sollevarmi, d'andare incontro a quella terribile scimitarra semovente. E poi, d'un colpo, caddi in una gran calma, e rimasi disteso, sorridendo a quella morte lucente, come un fanciullo a qualche raro giuocattolo.

Successe un nuovo intervallo di perfetta insensibilità; intervallo cortissimo, perchè, ritornato in me, non trovai che il pendolo fosse disceso d'una quantità apprezzabile. Tuttavia può esser benissimo che quel tempo fosse stato assai lungo, perchè sapevo che c'eran dei demoni che avean notato il mio svenimento, e che potevan fermare a lor piacere l'oscillazione.

Rinvenuto, provai un malessere, una debolezza, – oh! inesprimibili, – come in seguito ad una lunga inanizione. Anche in mezzo alle angosce presenti, la natura umana richiedeva il suo nutrimento. Con uno sforzo penoso, distesi il braccio sinistro per quanto me lo permettevano i legami, e m'impadronii d'un avanzo che i sorci eran stati compiacenti da lasciarmi. Intanto che ne portavo un pezzetto alle labbra, un pensiero informe di gioja, di speranza, mi traversò la mente. Tuttavia, che c'era di comune tra me e la speranza? Ripeto, era un pensiero informe; l'uomo ne ha spesso di simili che non son mai completati. Sentii ch'era un pensiero di gioja; di speranza; ma sentii anche ch'era morto nascendo. Invano mi sforzai di richiamarlo, di riafferrarlo. Il mio lungo soffrire avea quasi annientate le facoltà ordinarie della mente. Ero un imbecille, un idiota.

L'oscillazione del pendolo avea luogo in un piano che faceva angolo retto colla mia lunghezza. Vidi che la lama era stata disposta per traversare la regione del cuore. Strapperebbe, taglierebbe il panno del mio vestito, – poi ritornerebbe e ripeterebbe la sua operazione, – ancora, – e ancora.

Malgrado la spaventosa dimensione della curva percorsa (qualche cosa come trenta piedi, fors'anche di più), e l'energia vibrante della sua discesa, che sarebbe bastata per tagliare anche quelle muraglie di ferro, insomma, tutto quel che poteva fare, per alcuni minuti, era di stracciarmi il vestito. E su questo pensiero feci una pausa. Non osavo andar più avanti di questa riflessione. – Mi ci concentrai con un attenzione profonda, accanita, come se con quella insistenza avessi potuto arrestare la discesa dell'acciajo. Mi scervellai a meditare sul suono che farebbe la lama, passando attraverso all'abito, – sulla sensazione particolare e penetrante che lo sfregamento della tela produce sui nervi. Meditai su tutte quelle futilità, finchè n'ebbi i denti stanchi, dolenti.

Più giù, – ancora più giù, – veniva sempre più giù. Ci prendevo un piacere frenetico a paragonare la sua velocità d'alto in basso colla sua velocità laterale. A destra, a sinistra, e poi fuggiva lontano lontano, e poi ritornava, col muggito di uno spirito dannato, fino al mio cuore, coll'andatura furtiva della tigre! Ridevo ed urlavo alternativamente, secondo che l'una o l'altra idea prendeva il sopravento.

Più giù, – invariabilmente, inesorabilmente più giù! Vibrava a tre pollici dal mio petto! Mi sforzai violentemente, furiosamente, di liberarmi il braccio sinistro. Ero libero soltanto dal gomito alla mano. Potevo manovrar la mano dal piatto posto accanto a me fino alla bocca, con grande sforzo, – e niente di più. Se avessi potuto spezzare le legature al disopra del gomito, avrei afferrato il pendolo, e avrei tentato di fermarlo. Avrei tentato di fermare anche una valanga!

Sempre più giù! – incessantemente, – inevitabilmente più giù! Respiravo dolorosamente, e m'agitavo a ciascuna oscillazione. Mi rattrappivo convulsamente ad ogni rincorsa. Gli occhi la seguivano nel suo volo ascendente e discendente coll'ardore della più insensata disperazione; si richiudevano spasmodicamente all'istante della discesa quantunque la morte sarebbe stata un sollievo, –oh! quale indicibile sollievo! E tuttavia tremavo in tutti i nervi al solo pensiero che bastava che la macchina scendesse di un ette per precipitarmi sul petto quell'ascia affilata, splendente. Era la speranza che mi faceva tremar così i nervi. La speranza che trionfa anche nell'agonia, che bisbiglia alle orecchie dei condannati a morte, anche nelle segrete dell'Inquisizione.

Vidi che dieci o dodici vibrazioni avrebbero ormai messo l'acciajo in contatto immediato col mio vestito, e con quell'osservazione m'entrò nell'animo la calma acuta e condensata della disperazione.

Per la prima volta da molte ore, – forse da molti giorni, pensai. Mi venne alla mente che la fascia o cinghia che m'avviluppava era d'un solo pezzo. Ero attaccato con una legatura continua. Il primo morso dell'acciajo della falce, in una parte qualunque della cinghia, doveva staccarla abbastanza per permettere alla mia mano sinistra di srotolarmela tutta d'attorno al corpo. Ma in tal caso come diventava terribile la prossimità della lama! E il risultato della più leggiera scossa, mortale! D'altra parte, era verosimile che gli agenti del carnefice non avessero preveduta e parata quella possibilità? Era probabile che la fascia mi traversasse il petto nel percorso del pendolo? Trepidante di vedermi frustrato in quella debole speranza, verosimilmente l'ultima, alzai la testa quanto per poter vedere distintamente il mio petto. La cinghia avviluppava i miei membri e il mio corpo in tutti i sensi, fuorchè nel cammino della falce omicida!

Avevo appena lasciato ricader la testa nella sua primitiva posizione, che sentii brillarmi nella mente qualche cosa che non saprei definir meglio che come l'altra metà informe di quell'idea di liberazione di cui ho già parlato, e di cui una sola metà m'avea traversato vagamente il cervello, quando portai il nutrimento alle labbra ardenti. Ora tutta intiera l'idea era presente, debole, appena sensibile, appena appena definita, – ma infine completa. Mi misi immediatamente, coll'energia della disperazione, a tentar l'esecuzione.

Da parecchie ore tutti gli immediati dintorni del tavolato su cui ero disteso formicolavano alla lettera di sorci. Eran tumultuosi, arditi, voraci, cogli occhi rossi, fissi addosso a me, come se non aspettassero altro che la mia immobilità per far di me la loro preda.

— A qual nutrimento, pensai, li hanno abituati in quel pozzo?

Meno un piccolo avanzo, essi avean divorato, per quanti sforzi avessi fatti per impedirneli, il contenuto del piatto. La mia mano avea contratta un'abitudine di va e vieni, di ondulazione verso il piatto; e, a lungo andare, l'uniformità macchinale del movimento gli avea tolta tutta la sua efficacia. Nella loro voracità quelle bestiacce mi ficcavano spesso i denti acuti nei diti. Coi rimasugli della carne oleosa e pepata che mi restavano stropicciai forte la fasciatura fin dove potei arrivare; poi, ritirando la mano dal suolo, rimasi immobile e senza fiatare.

Dapprima i voraci animali furon colpiti e spaventati dal cambiamento, dalla cessazione del moto. S'impaurirono e scapparon via; parecchi ritornaron nel pozzo; ma fu l'affare d'un momento soltanto. Non invano avevo calcolato sulla loro ghiottoneria. Notando che rimanevo immobile uno o due dei più arditi s'arrampicarono sul tavolato ed annusarono la cigna. Mi parve il segnale d'una invasione generale. Delle truppe fresche si precipitaron fuor dal pozzo. S'aggrapparono al legno, lo scalarono, e saltarono sul mio corpo a centinaja. Il movimento regolare del pendolo non li molestava per nulla. Evitavano il suo passaggio e lavoravano alacremente sulla legatura oleata.

S'accalcavano, formicolavano e s'ammonticchiavano incessantemente su di me; si rotolavano sulla mia gola, le loro labbra fredde cercavano le mie; ero mezzo soffocato dal loro peso moltiplicato; un ribrezzo, una nausea che non ha nome mi sollevava il petto e mi ghiacciava il cuore come un vomito pesante. Ancora un minuto e sentivo che l'orribile operazione sarebbe finita. Sentivo positivamente il rilassarsi della fasciatura; sapevo che doveva esser già rotta in più d'un punto. Con una risoluzione sovrumana rimasi immobile. Non m'ero ingannato nei miei calcoli, – non avevo sofferto invano. Finalmente sentii che ero libero. La cinghia pendeva a pezzi intorno al mio corpo; ma già il movimento del pendolo attaccava il mio petto; avea tagliato il panno del mio vestito; avea tagliata la camicia; fece ancora due oscillazioni, – e una sensazione d'acuto dolore mi percorse tutti i nervi.

Ma l'istante della salvezza era giunto. Ad un gesto della mano, i miei liberatori fuggirono a frotte. Con un movimento tranquillo e risoluto, – prudente ed obliquo, – lentamente e schiacciandomi, scivolai fuor dalla stretta dei legami e dal campo della scimitarra. Pel momento almeno ero libero.

Libero, – e tra gli artigli dell'inquisizione! Ero appena uscito dal mio giaciglio d'orrore, aveva mosso appena alcuni passi sul pavimento della prigione, quando il movimento della macchina infernale cessò, ed io la vidi attratta come da una forza irresistibile su, traverso il soffitto.

Fu una lezione che mi mise la disperazione nel cuore. Non c'era dubbio: tutti i miei movimenti erano spiati. Libero! – non avevo sfuggito alla morte sotto una specie d'agonia che per subire qualche altra cosa peggiore o la morte sotto qualche altra specie.

A questo pensiero girai gli occhi convulsivamente intorno, per le pareti di ferro che mi racchiudevano. Qualche cosa di singolare, un cambiamento che dapprima non seppi apprezzare distintamente, si produceva nella camera, era evidente. Durante alcuni minuti d'una distrazione piena di fantasmi e di brividi, mi persi in vane ed incoerenti congetture; e fu durante quel tempo che avvertii per la prima volta l'origine della luce solforosa che rischiarava la cella. Proveniva da una fessura larga un mezzo pollice circa, che girava tutto intorno alla base dei muri della prigione, che parevan così, ed erano, infatti, completamente separati dal suolo. Mi sforzai, ma invano, come potrete ben imaginare, di vedere per quell'apertura.

Mentre mi rialzavo scoraggiato, il mistero dell'alterazione della camera mi si svelò tutto ad un tratto innanzi alla mente. Avevo osservato che, quantunque i contorni delle figure del muro fossero abbastanza distinti, i colori apparivano alterati e indecisi. Quei colori avean preso e andavan prendendo sempre più, ad ogni momento, uno splendore strano, intensissimo, che dava a quelle imagini fantastiche e diaboliche un aspetto tale da far fremere dei nervi anche più solidi dei miei. Degli occhi di demoni, d'una vivacità feroce e sinistra convergevano su me da mille punti, dove dapprima non ne sospettavo alcuno e brillavano dello splendore lugubre d'un fuoco che io volevo assolutamente, ma invano, riguardare come imaginario.

Imaginario! Bastava che respirassi per attirar nelle mie narici il vapore del ferro riscaldato! Un odore soffocante si spandeva nella prigione! Un ardore più profondo si fissava ad ogni istante negli occhi fissi implacabilmente sulla mia agonia. Una tinta più carica di rosso si stendeva su quelle orribili pitture di sangue! Anelavo! Respiravo con sforzo! Non c'era più dubbio sul disegno dei miei carnefici, oh! i più implacabili, oh! i più demoniaci degli uomini! Mi ritirai lontano dal metallo ardente verso il centro della segreta. Dinanzi a quella distruzione per fuoco, l'idea della freschezza del pozzo mi sorprese l'anima come un balsamo. Mi precipitai verso il suo orlo mortale. Lo splendore della volta infiammata illuminava le sue più segrete cavità. Tuttavia, durante un momento in cui la mia testa era come perduta, la mente si rifiutò a comprendere il significato di quel che vedevo. Finalmente, ciò m'entrò nell'anima, a forza, vittoriosamente; s'impresse a caratteri di fuoco stilla mia ragione fremente. Oh! una voce, una voce per parlare! – Oh! orrore! – Oh! tutti gli orrori, fuorchè quello! – Con un grido balzai lontano dal margine, e, nascondendomi il viso tra le mani, piansi amaramente.

Il calore aumentava, aumentava sempre, e una volta ancora levai gli occhi, rabbrividendo come in un accesso di febbre. Un secondo cambiamento aveva avuto luogo nella cella, ed ora quel cambiamento era evidentemente nella forma. Come la prima volta, dapprima invano cercai d'apprezzare o comprendere di che si trattava. Ma non mi lasciarono a lungo nel dubbio. La vendetta dell'Inquisizione m'inseguiva a gran passi, due volte frustrata dalla mia fortuna, e ormai non era più dato di giuocare il

Re dei Terrori. La camera era stata quadrata. Ora mi accorgevo che due dei suoi angoli di ferro eran diventati acuti e due per conseguenza ottusi. Il terribile contrasto aumentava rapidamente, con uno stridore, un cigolamento sordo. In un istante la camera avea mutato la sua forma in quella d'una losanga. Ma non si fermò lì la trasformazione. Non desideravo, non speravo che si fermasse. Avrei applicato i muri rossi contro il mio petto come una veste di pace eterna. — La morte, mi dissi, — non importa qual morte, fuorchè quella del pozzo.

Insensato! come non avevo compreso che il pozzo ci voleva, che solo quel pozzo era la ragione del fuoco ardente che m'assediava? Potevo io resistere al suo ardore? E, dato anche questo, potevo irrigidirmi, resistere contro la sua pressione? Ed ora la losanga si schiacciava, si schiacciava con una rapidità che non mi lasciava tempo alla riflessione. Il suo centro, situato sulla linea della sua più grande larghezza, coincideva giusto coll'abisso spalancato. Provai a indietreggiare, ma i muri, ristringendosi, mi opprimevano irresistibilmente. Finalmente, venne un istante in cui il mio corpo abbruciato e convulso trovava appena il suo posto, appena luogo sul suolo della prigione su cui avesse presa il mio piede. Non lottavo più, ma l'agonia dell'anima s'esalò in un altissimo e lungo grido supremo di disperazione. Sentivo che vacillavo, balenavo sull'orlo, – distorsi gli occhi....

Ma ecco un repentino rumore discordante di voci umane! Un'esplosione, un uragano di trombe! Un ruggito potente come quello di mille tuoni! I muri di ferro indietreggiarono precipitosamente! Un braccio disteso afferrò il mio nell'istante che, svenuto, cadevo nell'abisso. Era il braccio del generale Lassalle. I francesi erano entrati a Toledo. L'Inquisizione era nelle mani dei suoi nemici.